U0529937

星期四，喝可可

[日] 青山美智子 著

王书凝 译

目 录
CONTENTS

第 一 章　星期四，喝可可 [棕/东京] · 001

第 二 章　一本正经的煎蛋 [黄/东京] · 015

第 三 章　渐渐远去的我们 [粉/东京] · 035

第 四 章　圣人的前进 [蓝/东京] · 051

第 五 章　相逢 [红/悉尼] · 077

第 六 章　半世纪的浪漫 [灰/悉尼] · 093

第七章　倒计时【绿/悉尼】· 105

第八章　拉尔夫先生最好的日子【橙/悉尼】· 121

第九章　魔女归来【蓝绿/悉尼】· 133

第 十 章　如果没有遇见你【黑/悉尼】· 145

第十一章　三色旗的约定【紫/悉尼】· 161

第十二章　情书【白/东京】· 177

星期四，喝可可

CONTENTS

第一章

星期四，喝可可

[棕/东京]

我喜欢的那个人——称她为"可可小姐"。

我其实不知道姑娘究竟叫什么,只是一直自作主张地这样称呼她。

我在"云纹咖啡馆"里打工,大概从半年前开始,可可小姐总是一个人来,一定会落座在那个固定的位置,点的饮料也永远是同一款。

"请给我一杯热可可,谢谢!"她每次点单的时候,都会抬起雨后垂露般的眼睛看着我。瀑布似的栗色秀发倾泻至双肩。

这家云纹咖啡馆,坐落在安静的居民区的一角。
它正巧位于河边一排樱花树的尽头,是一家掩藏在大树身后的咖啡馆。桥对岸是商铺鳞次栉比、基础设施完善的热闹街区，此岸净是民宅，来往的行人也少。这里没做过广告，也没有杂志社的人过来采访，常年亮着灯火，是一家并不广为人知，但也总有常客垂青的咖啡馆。

店里有三套质地温暖的圆木桌椅，和能容纳五个人左右的吧台，一盏油灯从天花板垂下。

这家咖啡馆不会出现人满为患的兴隆场面，也没有过门可罗雀的冷清境况。我每天扎着一条围裙，在店里迎来送往。

可可小姐来店里的时间总是周四的午后。

她下午三点刚过便推门进店，然后坐在咖啡馆度过三小时的下午时光。可可小姐在店里要么是在阅读或书写长长的英文航空信，要么就是在阅读平装的英文书。有时，她也会什么都不做，眺望着窗外的风景。通常工作日午后来这里的客人，不是带小孩的家长就是上了年纪的老人，很少有可可小姐这样的年轻女性。但她看起来并不像是学生，也没有戴结婚戒指。我忖度着她也就比成人三年的我稍微年长一点。

我对英语什么的简直一窍不通，上一次写信是什么时候也似乎遥远到难以追忆的程度。

所以她向异国他乡的某个人分享日常或传递自己的情绪，并拆开对方的信来读，都让我感到像是发生在虚构世界里的事。

像硫酸纸一样薄的信纸，有着法国三色旗一样花式镶边的信封。在这样数字化的时代里，手写长信本身就有种神秘感，可可小姐用的还尽是些古香古色的物件，这都使她看上去越发出尘绝世。如果从她身边走过的时候飞速地瞄上一眼，会发现她在用钢笔写下娟秀流畅的字迹，不知是在书写什么魔法咒文。

我最喜欢看她低头写信时的样子。她的唇角弯起一抹舒缓的弧度，白皙的脸颊上透着红晕，每一次眨眼，棕褐色的纤长睫毛都在她低垂的眼眸上映出错综的光影。

专注于书信的可可小姐是绝不会看我一眼的。我也因此才能目不转睛地盯着她。可可小姐与那位收信人之间，一定有着珍重的思念——我忍不住想笑，同时也微微地妒火中烧。两股交织着的情感左右拉扯着我……

我从两年前的初夏开始在这家咖啡馆工作。

当时我沿着河畔散步，走在樱树林下，望着樱花散落后长出嫩叶的樱树，茫然地想："这片樱花林的尽头是何处呢？"那是一切的开始。

我当时还是个无业游民，高中毕业后在一家连锁餐厅打工，后来餐厅经营不善，我被裁员了。那天是在我找工作回来的路上，求职四处碰壁，不安和空闲的时间倒有的是。索性趁着悠闲，走到了树林的尽头，竟然在枝叶繁茂处发现了一家小店。

在这种地方居然会有咖啡馆？我掏出钱包，数了数里面的零钱。喝一杯咖啡的钱应该是足够的。于是，我便推门进去了。

店铺不大，却让人有种说不出的舒适和放松。对于无处可去的我来说，能有个歇脚的地方都已让我感激不尽。虽然是第一次来，我却像回到自己家一样，觉得内心安定了下来。这家咖啡馆和嘈杂纷乱的连锁餐饮店形成强烈反差，要是有幸能在这里工作的话……

环顾店内，我不由得屏住了呼吸——正有一位男店员在张贴写着"招募员工"的海报。天赐良机啊！我惴惴不安地溜到吧台旁坐下。

贴完招聘启事的店员给我端来了水和菜单。我上下打量着他——五十岁左右，身材瘦瘦小小，一副悠闲自在的做派，脑门正中间却长了颗大黑痣，让人印象深刻。我的目光落在设计得漂漂亮亮的菜单上，一边确认价格一边点单。

"请给我一杯热咖啡。"

"热的是吧？好的。"

黑痣男转身钻进吧台后面，我仔细地注视着他用细长嘴的开水壶噗噜噗噜地往滤纸上的咖啡粉里浇开水的样子。

"请问……您是店长吗？"

"嗯，叫我老板就好。开一家咖啡馆亲手冲泡咖啡，是我从小的梦想。"

老板隔着吧台，把泡好的咖啡递到我面前，素烧的陶瓷杯中层次丰富的咖啡香气扑面而来。抿上一口，一股轻柔香醇的焦香味在口腔中慢慢弥散开来。我像是被这一口咖啡鼓舞了士气，神色决然地从座位上站了起来："您能为我安排一场面试吗？我想在这里上班！"

老板沉默着一脸认真地思考了五秒钟后，看着我说："可以。那么就雇用你为正式员工吧。"

我瞠目结舌地呆立在那儿——连我的名字都没问，就雇用我了？而且还不是临时工，而是正式员工？

"但是老板，我今天没带简历和驾驶证之类的面试材料。"

"用不着这些东西。我看人很有眼光。难道你只是想在这里做兼职，不想成为正式员工？"

"那倒不是……"

"既然如此，那就这么定了。"

老板从吧台后走出来，"哗啦"一把撕掉了方才贴上去的招聘启事。

就这样，我成了云纹咖啡馆的一员。但没过几天，老板就对我说："我会离开一段时间。在这期间，渡君一个人干干看吧。"

"我迟早也要把这家店转让出去的。你来得比我想象的早，真是太好了。"

我错愕不已地追问他："可你的梦想不就是在咖啡馆里冲咖啡吗？"

不知道为什么，老板回答时的眼神似乎有些迷离："梦想从实现的那一刻起就成了现实。我喜欢的是梦。所以现在这样就够了。"

自此以后的两年里，我独自料理着云纹咖啡馆的日常事务，当然还是以老板的名义在经营这家店，我充其量是个被雇用的店长。猝不及防地被委托接手一家咖啡馆，这件事无论怎么想都觉得奇怪。如此不可思议的状况，连让我提出疑问的机会都没有。这家咖啡馆不像连锁餐饮店那样有入职培训，老板教我的，仅仅是在休业的时候如何锁上大门。在我不停地犯错的过程中，渐渐积累了一些熟客。有把我当孩子一样疼爱的老奶奶，还有个做爸爸的男人，总是从幼儿园接到孩子后和孩子一起光临。这家店也慢慢地完全染上了我的个人色彩，老板偶尔心血来潮地跑来一趟，会换掉墙上的装饰画，抑或装成客人，在吧台前摊开体育报纸。

需要我经营管理的区域，仅有二层出租的单间和一楼的这家咖啡馆而已。即便如此，我还是心满意足地沉浸在这一方天地里。云纹咖啡馆的房间又旧又小，但后厨却有两个煤气灶，用起来很称手，我对此很满意。最重要的是，我深爱着这家咖啡馆。而且我还暗恋着那位肩披栗色柔发、聪慧伶俐的客人。于我而言，这是太过奢侈的体验。

身为店员，竟然迷恋上客人，这或许是不被允许的吧？不过能这样默默地单相思对我而言已经足够了，借用老板的话来讲就是——有梦就是好的。单恋也挺好的。就让我一直保持着这份喜欢的心情吧。仅是如此就能让我充满强大的力量。所以，我会竭尽所能地做好分内之事。比如说——

周四的时候，做一杯香醇无比的热可可，送到她面前。这就是我为她所能做的全部。

七月过半，梅雨过后，烈日普照，阳光强得令人睁不开眼的酷暑来了。

星期四。三点刚过，我正坐立不安的时候，门一如往常地开了。

但是今天的可可小姐跟以往不太一样。她显而易见地疲惫，背着手提包的一侧肩膀沮丧地耷拉着。恰巧可可小姐喜欢的座位已经被别的客人占了。那位客人看上去精明能干，上身穿着利落的罩衫，下装是一条一步裙。她在桌上放了几本书，不停地往自己的笔记本电脑里敲着什么。可可小姐看了那位女人一眼，便转向背对着老位置的一张位于店中央的空桌子，在新位置上坐下。

我递上水和菜单,尽管现在是令人汗流浃背的夏天,她还是一如往常地要了一杯热可可。她在点单的时候和我对视片刻,之后又将目光落回桌上。

待我把热可可端到她面前,可可小姐仍是静静地垂着头。信封、信纸、钢笔、平装书她都没有从包里拿出来,她只是一动不动地盯着桌沿。

我看到了她脸上扑簌簌坠落的泪珠。

我想跑到她身旁,但我不能这么做。

对可可小姐而言,我恐怕跟自动贩卖机的按钮没什么区别。而看她的装束,肯定是养尊处优的大小姐,英文流利,长期定居海外,或者多次在国外旅居、进修,恐怕和她通航空信的人就是她身处异国他乡的情人。除了在这家咖啡馆,她和我简直是没有任何共同语言的人,完全生活在两个世界。

但是,在这一瞬间,我似乎得到了能够靠近她的机会。如果可能的话,我多想轻轻擦拭掉她脸上的眼泪,静静地握住她的手,告诉她:"不要紧。"

不过这种奇迹是绝对不会发生的。到底什么东西不要紧,我也说不出来。

我是咖啡馆的店员,她是我店里的一位常客。无法摘下工作围裙的我,能为她做些什么呢?究竟能做些什么呢?

一串啪嗒啪嗒的声音打破了我的沉思,有两本书掉在地板上,是坐在可可小姐常坐的位置上开着电脑的客人掉的。她仿佛很失望地长叹了一口气,俯身捡起书本。不知为何,今天来到店里的女客人们都愁容满面的。

"啊!都这会儿了!"

女客人看了一眼腕表,把书一股脑儿塞进那只看起来很高级的黑色皮包里,步履匆匆地走到收银台结账。

虽然对这位客人有些不厚道,但是我打心眼里感到高兴。我利索地结完账,拿起托盘,奔向那张桌子。喝剩下的冰咖啡、半空的水杯、吸管、湿毛巾和撕开的包装纸。我把它们统统收到托盘上,擦拭着桌面。如果有打扫卫生锦标赛,我绝对能拿冠军。

"位置空出来了。"

我用激动得有些发尖的声音对可可小姐说。她抬起头,用疑惑不解的眼神看向我。那一刻,我稍有退却,担心自己做了多余的事。但无论如何我也想让她知道我的心意，于是我鼓足勇气对她说：

"您经常坐的那个位子空出来了。我想也许您坐在喜欢的位置上，多少也会开心一些。"

可可小姐本来就很大的眼睛瞪得更大了，惊讶地转头看向刚刚腾出来的座位。

下一个瞬间，她脸上绽放出冰雪融化般的笑容：
"谢谢你，坐过去的话，说不定心情可以平复一些呢。"

可可小姐挪到老位置坐下，眺望窗外片刻。喝完了一杯热可可后，非常少见地点了一份续杯。

我给她端去第二杯热可可时，看到她又恢复了往常的状态，开始写航空信。在我刚要放下杯子的时候，可可小姐突然开口："请问……"我吓得乱了手脚，可可在杯中摇晃起来，有几滴跳出杯壁，落在她的信纸上。

"对、对不起！实在对不起！"

难得的好气氛，我却犯了如此可恨的错误！仿佛所有血液像海浪般从天灵盖一下子退却到了脚趾尖。我赶忙慌张地拿起纸巾，要擦掉滴落在信纸上的可可。

"等一下！"

可可小姐的掌心叠放在我的手背上，这一次，我的心像跃出池面的鱼一样活蹦乱跳。

"你看，可可做的爱心！"

爱心？

被她这么一说，我仔细一看，可可渍有些歪斜，甚至变形，但确实是一颗像模像样的褐色爱心。

"好别致啊，就这么寄出去吧！"

可可小姐像个看见彩虹的小朋友一般喜笑颜开。原来她有时候会这样笑啊……我心中的鱼从刚刚开始，一直跳得抓都抓不住。

"'就让这份热可可给你带去暖意吧'，我就这么写在回信上吧。"

可可小姐一边说，一边优雅地拿起笔，在纸上行云流水地写起英文。

她坐在老位置上，一如往常地露出了惬意的微笑。

我突然明白了。在这个小小的世界里，也会有奇迹发生，第一次触碰到的柔嫩的手，以及只为我一人绽放的开心的笑容。

紧贴着"爱心"，可可小姐用英文落笔写下"My dear best

friend Mary（致我亲爱的闺密玛丽）"。这几个字是我为数不多能看懂的英文。信是写给一个叫"玛丽"的女孩，而她是可可小姐最好的朋友。

  虽然我还不知道可可小姐为什么会哭，但她的收信人应该不是异国的恋人。我用托盘挡住了自己羞涩的脸。

第二章

一本正经的煎蛋

［黄/东京］

我方才从云纹咖啡馆推门而出的时候，发现书快要从包里掉出来了。毕竟封面上印着古怪图案的书，与一件难求的爱马仕铂金包在外观风格上实在是大相径庭，显得很是突兀，于是我赶紧重新把它放进包里塞好，向儿子拓海的幼儿园赶去。

　　一般来说，幼儿园是下午两点放学，但似乎是为了方便无法及时接孩子回家的家长，而设置了弹性制度，可以在放学后将孩子们托管在幼儿园，下午四点前接走即可。多亏了我老公辉也提前帮忙申请了托管，我才能在从公司请假早退前，出席下午那场重要的内部会议。会议进行得比我预想中更加顺利，早早地结束了。于是我打算在河畔这家自己心仪的咖啡小屋里，一边享受下午茶，一边研究"明天的作战计划"。

　　云纹咖啡馆是我的私藏宝地。这家小店坐落在樱花林梢的尽头。坐在店里，从窗边向外远眺，便能欣赏四时之景。店内的装饰素净雅致，男侍也年轻可爱，令人赏心悦目，是时下少见的淳朴类型。他做的热气腾腾的三明治说不上卖相奢华，但做法细致，令我尝到一种眷恋的味道。看来从端上餐桌的菜中，真的能看出厨师的品格呢。

但是今天，我没能安安稳稳地坐在那里享受舒适悠闲的下午茶。我刚打开书本，想要一探之前从未涉足的新领域时，便收到了一封工作上的紧急邮件——来自一位在工作上闯了祸的下属的求援。我赶紧告诉他解决方案，然后亲自向顾客赔罪，并接手后续的工作。

就在我用笔记本电脑全神贯注地写邮件时，搁在桌上的书和文件哗啦啦地掉在了地上，新买的书也折损了书角。我忍不住深深地叹了口气。仿佛听到了什么人的预言："你注定做不成那件事，要失败的哟。"

我低头看了眼手表，马上就要下午四点了，得去接拓海了。七月中旬的阳光丝毫没有减弱的迹象，到了这个时间仍然酷热逼人。我一头扎进被烈日鞭笞的热浪里，肩上的挎包被工作文件和两本杂志特刊塞得满满当当，被长筒袜裹住的双脚走得飞快。

拓海的幼儿园就在桥对岸。现在接上他，可以在家庭餐厅提前解决晚饭，回到家——啊……回家后要给拓海洗澡，还要哄他睡觉。明明我今天还有练习要做。那是比工作更艰巨的挑战，也是结婚以来最棘手的任务。

我明天必须给拓海做便当，之前我从未做过。

刚才我在云纹咖啡馆翻阅的那本食谱书中，提到了"五种令人食欲大增的基本色"：红色、绿色、黑色、褐色、黄色。红色可以用圣女果轻松地解决。绿色就用西蓝花吧，煮西蓝花的火候我也许控制不好，但应该不太难。黑色就用海苔，捏一个小小的饭团。褐色的话，就煎两根香肠吧，虽然不是很确定，但用刀划几个口子再下锅，小香肠一定能变出螃蟹或章鱼的造型。

黄色。

没错，问题出在黄色上。说到黄色的食物，还可以方便放进盒饭里的，大概只有那个了吧。

幼儿园大门已渐渐清晰、完整地出现在眼前。细细想来，这似乎是我头一次来幼儿园接拓海。拓海已经入园两年多了，但是在此之前，我只在开学典礼、运动会和圣诞节等日子来过，并且每一次来都毫无例外是和丈夫辉也一起，拿着摄影机忙前忙后地拍摄。但是今天，我身旁并没有辉也的陪伴。我独自一人没有底气地站在幼儿园门口，紧张兮兮地穿过大门，旁边突然有人跟我说了句："您好。"

我转身一看，四个带着孩子的妈妈围成一个圈，家长里短地闲谈着。小朋友们在妈妈们的周围你追我赶地玩闹。无论是大人还是孩子，我一个也不认识，只好僵直着身子，尴尬地站在幼儿园门口。

一位穿着斑马条纹衬衫的妈妈正盯着我看，跟我打招呼的应该就是她吧。这位妈妈的头发略显干枯，蓬松的头发在后脑勺扎成一束，鼻梁上架着一副银丝镶边的眼镜。

"今天不是爸爸来接呀。"

"啊，嗯……是呀。"

这位穿着斑马条纹衫的妈妈是谁来着？我竭尽全力地做出不失礼貌的微笑。斑马女士向我搭了话，却似乎不知道话题该如何展开，尴尬地笑着。我想赶快从这里逃离，于是一边鞠躬一边转身朝幼儿园的校舍走去。我能感受到，其他几位妈妈也在用目光扫视着我，生硬地苦笑着向我点头问好。

步履匆匆地从她们身边离开时，我听见背后顿时噪声四起——"她是谁呀？""是小拓海的妈妈吧？""哦，是她啊。"

"拓海爸爸今天不来呀，我今天因为打零工，申请了幼儿园的托管。本想着如果拓海也在幼儿园托管，应该能碰见他爸爸呢。"听到妈妈们围成的圈子里,传出明显失望的声音,我不由自主地停下了脚步。

哎哟,看来"好爸爸辉也"很受欢迎啊。我没有回头,再次向前走去。

进了校舍楼,拓海一看见我就摇着小蘑菇头向我跑来,嘴里还喊着:"妈妈——"他唰地张开双臂,像一架飞机似的扑向我。这孩子还没坐过飞机,一直憧憬着坐一次。

跟在拓海身后的,是一位二十岁左右的老师,似乎是拓海的副班主任绘梨。这位老师的肌肤就像刚剥了壳的水煮蛋一样光滑,和她身上粉色的围裙很是相称。

"哇哦,这是妈妈第一次来接拓海放学吧!我们小拓海是不是很高兴呀?"

又是这套说辞。你们是真的很意外我来接孩子放学吗?还是说你们都想见辉也?恐怕是我多疑,总觉得大家在责怪我是个不尽职的母亲。

拓海从储物柜里取出上学背的书包,得意扬扬地向老师解释道:"我爸爸去京都了呢。"老师为了和孩子交流时保持平视,弯着腰蹲了下来,问道:

"爸爸是去京都旅游吗?"

"不是哟,是工作。"

"哎？爸爸开始工作了吗？"

"其实也算不上是正式工作。"我一边补充说明,一边帮拓海背好上幼儿园的书包。

"拓海在东京……爸爸在京都……东京京都……京京京……"

小拓海开心地念着刚刚学会的地名,跑向门口大厅。五岁的小孩子似乎只要学到了什么,就会开心得不得了。

我站在校舍的窗边,瞥见妈妈们仍旧聚成一圈闲聊说笑。于是扭头小声询问老师:"请问……那边那位穿着斑马条纹衬衫的太太,是谁家孩子的妈妈呢?"

"啊,您说她啊,是琉琉的妈妈,添岛琉琉的妈妈。"

添岛、添岛琉琉的妈妈啊……我在心中反复默念这个名字,似乎有一点耳熟,好像入园典礼的时候,坐在我旁边的那位太太吧?我们那个时候似乎简单寒暄过几句,做过自我介绍。

"时间不早了,绘梨老师,我先带拓海回家了。"

我向"绘梨"老师微微欠身,却猛然发现她的围裙上绣着"绘奈"两个大字!糟了——老师不叫"绘梨",而叫"绘奈"。

但是绘奈老师一脸毫不介意的样子,微笑着对我们说了"再见",就向其他妈妈那边走去。

"嗯,再见!"我逃跑似的飞奔出幼儿园。这下肯定要被大家当成"废柴家长"了吧。我的额头渗出了不寻常的汗水,不仅仅是天气炎热的缘故。

拉着拓海的手刚走上人行道，小拓海就仰起脸问我：

"哎，妈妈，爸爸是坐飞机去京都的吗？"

"没有，他是坐新干线列车去的。"

"新干线是什么？是飞过去的吗？"

"不是飞过去的。"

"金龟子就会飞哦！"

"我们又没有聊金龟子的话题。"

"飞往京都的拓海号，起飞，出发喽！"

拓海说的话乱七八糟的，倒是很有意思。

我不由得笑出了声，用力握住他汗津津的小手。

蝉鸣贯耳。说起来，不久前拓海好像拿回一个蝉蜕，说是爸爸捡到的。想到一年四季，辉也日复一日地像我现在这样，牵着孩子的手一步步走在这条路上，我心里突然一紧，好像自己被他们父子俩排挤出家庭了似的。

我的丈夫辉也，一边作画一边过着日子。到目前为止，他单纯是在"画画"，而不是"卖画"。我们相识的时候在同一家广告公司工作，他是小我两岁的下属。

快要结婚前，他突然对我说："我想画画，"并诚恳地补充道，"如果可行的话，结婚后我就打算辞职，负责家务。"

听了他说的，我姑且装成惊讶错愕的样子，心里却忍不住窃喜——一直和父母住在一起、娇生惯养的我，别说是清洗茶杯、小碗碟之类的琐事，就连电饭煲的开关键都没按过。

就这样，我越来越努力地工作赚钱，辉也则逐渐成为一位勤勤恳恳的家庭主夫。辉也做饭很好吃，就连床单上的褶皱也都会一一抻开熨平，把整间屋子打扫得一尘不染。他也不忘周全地照顾我的父母，即使他们住在距离我家一个小时电车车程的地方。在我怀孕休产假的那段时间里，他更是小心翼翼地服侍我。拓海出生后，为了让我睡个好觉，还时不时让我和孩子分房睡。因为我母乳出得不好，不得已早早地换成了奶粉，提前回归了工作，所以没有太多真正养育了拓海的感觉。孩子学会站、学会走的这些值得纪念的时刻，我没有一次是站在他身边见证的。拓海进入幼儿园后，老师要求手工制作的手提包、球鞋之类的物件，辉也似乎也没有埋怨的情绪，倒不如说是乐在其中地去完成学校布置的任务，做出来的东西都跟买来的商品一样精致漂亮。我给他提过歪主意："要不要把这些卖给不擅长手工的妈妈们啊……"但他笑着打断我："我做的也没有那么好啦。"辉也对此没有其他的想法。如果他有这个心思，我一定会好好经营。

总之，我们是一对完美契合的夫妻，构建了一个温馨的家——在收到来自京都的邀请之前。

我知道辉也发在 Instagram 上的画作被网友们认为"独具匠心""别具一格",逐渐积累了一票粉丝,作品的评论也不断增多,但没想到他会收到团体创作展的邀请。他告诉我,主办方是京都的一位有强烈好奇心的画廊老板,打算召集五名尚未出道的画手和插画师共同举办作品群展,问他要不要来试试看。

辉也的画确实很有意思。他画的是能从一幅风景中看到许多内容的错觉艺术。但世界上有太多艺术家的坯子,辉也的作品在这些人当中能否算得上出色,我没有把握。起初听到有人要邀请辉也办画展,我还怀疑对方是个江湖骗子,专门欺骗怀揣梦想的人,特意上网搜罗有关画廊的信息。可查到的都是些干净的内容,诸如这次画展不承担交通费和食宿费,但也不收取展费等。而且这样的活动已经办了很多次了。画廊老板在艺术圈内好像还小有名气,我点击进入附有他正面照片的几个页面,但哪条消息都没有提到他的名字,只以"老板"相称。一张朴素而平庸的脸,脑门中央的一颗痣令人印象深刻。也许是人际关系了得,在他的帮助下业有所成的人似乎不少。

辉也跟我说,"老板"是通过 Instagram 直接发信息联系他的。

"画展的时间是周五到周日,之前需要搬运画作、和画廊的人磋商,所以我打算周四早上把拓海送到幼儿园,然后直接去京都。周四下午接孩子、周五的接送和孩子的便当能不能拜托你呀？周日我会坐最后一班电车回来的。"

我没有立刻回答他"好啊"。堵在喉咙口的话是："我有工作要做，脱不开身。"他见我沉默不语，又央求道：

"朝美，交通费和食宿费我全部自己出，你辛苦工作赚来养家的钱，我一分都不会挪用的，求求你啦。"

我无言以对。难道辉也一直觉得自己不赚钱就没资格追求想要的生活，不能把生活费用在自己身上？难道他是抱着这样的想法，小心翼翼地和我一起生活的？该不会一直以来，他连基本的画具也都是用婚前自己的存款买的吧？

我情不自禁地说道："没关系的，钱我来出，你拿去用吧。"说完立刻被自己吓了一跳。竟然说"我来出"，自己竟然变得如此傲慢。

但是辉也仿佛毫不在意我的强势，神色平静地回答：

"真的不用。钱不是最主要的。我还是赚了点小钱的。"

"啊？"

赚钱？我有些错愕地伸长了脖子，辉也则低下头避开我的视线：

"嗯……没想到股票的日内交易还挺好赚钱的。"

我再一次哑口无言……这样的事，我连想都没想过。辉也见我呆呆地盯着他，小心翼翼地看着我的脸色问道：

"拓海这几天就先交给你了?"

"嗯……就这样吧。"无奈,我支支吾吾地应承下来。但自那以后,不安的情绪一直在心头缠绕,令我闷闷不乐。

这些事情先放在一旁,现在最应解决眼前的难题。

幼儿园的接送,只要我把当天的工作安排好就总会有办法。辉也不在家的这段时间,就带孩子下下馆子,或者去商超的食品卖场买两份家常菜,怎么也能应付得来。

最大的问题就是周五的便当。

红色、绿色、黑色、褐色、黄色。果然还是逃不掉鸡蛋卷呀!

跟拓海在家庭餐厅吃过晚餐后回到家,我站在厨房里,单手提着平底锅,开始了特训。食谱书也好,网上的咨询也罢,我把能找来的做法全部都看了一遍,却怎么也做不好。煎出来的鸡蛋一点都不软,更不蓬松,扁扁平平的一摊,粘在锅底,根本没法轻松地卷起来。另外,鸡蛋卷的食谱有加白砂糖的、撒盐的、加酱油的,还有加牛奶和勾芡粉的,可我不知道家里的鸡蛋卷平时是怎么做的,又觉得不值得为了这种小事打电话给辉也。

厨房的料理台上，煎鸡蛋的残渣越堆越多。在客厅看电视的拓海跑来厨房，"哇哦"一声惊呼，天真可爱地问道：

"这是什么，妈妈在做什么好吃的？"

这句话让我感到浑身无力，无比沮丧，我无言地取出新的鸡蛋，打碎了蛋壳丢进碗里。

电视机里传出一段动画片主题曲，拓海一边跟着哼唱，一边跳起奇怪的舞蹈，蹦蹦跳跳地摆出飞机的造型，"嗖"的一声飞回客厅去了。

当嘟、当嘟——我一面用筷子打散碗中的蛋液，一面反问自己，鸡蛋要打散到什么程度比较合适呢？还要煎多少次才能掌握技巧呢？眼前的一片金黄渐渐变得模糊了起来，我吃了一惊，发现自己竟然哭了。

为什么？为什么！为什么我连煎鸡蛋这种小事都做不好？

我小时候拼尽全力地学习，考上大学后拼尽全力地找工作，进入公司后拼尽全力地干活，一路走来，身边人都夸我优秀。

那些我做不来、无可奈何的事情，我一直都在逃避——我厌恶繁杂的家务，没有自信养育孩子，于是将这些全部甩给辉也，一头躲进工作里。从正常人能轻松做到、自己却做不到的自卑感中逃了出去。

不管有多少工作，我都能完成；只要是见过一次的客户，我绝不会忘记对方的相貌和姓名，无论和大企业里多高级别的领导会面，我也丝毫不会发怵，能够泰然自若、有理有据地陈述自己的意见；做出让人们大吃一惊的策划、当着一群人的面演讲、跟进并解决部下犯下的错误……在这些方面，无论与谁相比，我都有着绝对的自信。

可我没有一个妈妈朋友，我害怕和拓海同班的妈妈们的圈子，甚至连幼儿园老师的名字都会记错；让我削个苹果，削完就没有能吃的地方了；我不会垃圾分类，觉得所有垃圾都是可燃的；对我来说，把洗好的衣服叠得像折纸一样整齐，是一门艰深的艺术，不可能做好。

在此之前，唯一让我觉得自豪的是，我靠努力工作赚钱养活了整个家。但如今这也无法使我安心了。虽然不知道辉也靠着股票的日内交易能挣多少钱，但即使我辞去了工作，仅靠他的收入也肯定能贴补家用。对辉也和拓海来说，我在这个家存在的意义到底是什么？

如果辉也的画大受好评，我该怎么办？如果他以后不管这个家了，我该怎么办？辉也，你不要去卖画，不要被别人赏识，就这样永远守护在我和拓海身边多好啊……

我的泪水啪嗒啪嗒地砸向地面时，手机突然响了。我瞥了眼来电显示——是辉也。

"是爸爸的电话,你过来和爸爸说两句——"

我把电话塞给拓海。拓海兴奋地接起电话:

"喂喂?爸爸!嗯嗯……好……哎?这样吗?我吃了汉堡哟!"我神情恍惚,边听拓海打电话边用筷子翻搅着蛋液。

"妈妈超级厉害的!一直在做饭哦!我看了一眼,像是油菜花田一样,看起来超级漂亮、超级好吃!"

我猛然抬起头,筷子也停了下来。油菜花田?也许是用了黄绿色的餐盘,才给小拓海留下这样的印象。我看着几坨半融化的蛋液,仿佛自己的努力突然收到了回报,禁不住嘴角微微上扬。

拓海举起手机递给我:"妈妈,爸爸说想让你接电话。"

"喂,朝美?你挺能干的嘛,在做什么好吃的呢?"

电话里传来辉也温柔的声音,我忍不住呜咽起来。怕孩子听见,赶忙走进卧室,小声抽噎着对辉也讲:"鸡蛋卷……我在给孩子准备便当。可是怎么做也做不好。做不出来平常吃的那个样子,总是软趴趴的。"

"你为了明天给拓海带的便当,一直在练习吗?其实你不用非要做鸡蛋卷,炒鸡蛋、煮鸡蛋也是可以的。"

"不行!必须得做鸡蛋卷!去年幼儿园给拓海发的生日卡片

上不是写着，他最喜欢吃鸡蛋卷吗。要是明天的盒饭里没有鸡蛋卷，孩子得有多失望啊……"

"不会吧？他怎么会失望啊？"

"会！会的。我明明每一步都是照着食谱教的方法去做，为什么做出来的东西跟书上的完全不一样呢？当妈妈的连鸡蛋卷都不会做，我也太没用了吧。拓海好可怜……"

"朝美！"

辉也厉声打断我。我全身一紧，以为他罕见地生气了。但他沉稳地问道：

"你是用哪口锅煎的鸡蛋呢？"

"嗯？挂在墙上的那口圆圆的红色的……"

"你用的那口锅太旧了，上面的涂层都掉完了，用来煎鸡蛋肯定会粘锅。家里有一口专门做鸡蛋卷用的四角平底锅，放在其他的地方，估计你不知道。那是我刚买的，应该好用一些。你打开水槽底下的柜子看看，是一口蓝色花纹的方锅。"

我回到厨房，按他说的去做——拉开橱柜门，果然找到了一口小小的、长方形的平底锅。书里用的也是这样的锅，但我以为那是为了照相好看才用的专业厨具。

"先把锅热透，要热到把蛋液打进去的时候能听见'嗞'的一声哦。加一小撮盐进去调味就行。油少放，不要直接浇在锅里，用厨房吸油纸浸上油，在锅内涂上一层就可以了。另外，我觉得或许你翻面翻得有点早。你先照我说的做一次试试看吧，不急，我在电话这头等着你。"

我把手机放在储物架的一侧，按照辉也刚刚教我的步骤煎鸡蛋。那口小方锅很轻便，操作起来十分顺手。难以置信，不一会儿，一个漂亮的鸡蛋卷在我手里诞生了！我把蛋饼在锅的四角来回堆叠，终于形成一个整齐的蛋卷。或许算不上满分，但及格不成问题。

"好……好像成了！"

"看吧，我就说这样做肯定能行！"

鸡蛋卷移走后，方形的平底锅依然滑溜溜的，一点都没有煳锅。

"多么优秀的平底锅啊！那口圆圆的红锅根本不中用！"

"不是的哟，圆的那口锅也很好用，锅底很深，适合炒菜，麻婆豆腐用它来做是最好的。偶尔煮个意面也很好用。就算厨具再新、再轻便，也没法在做鸡蛋卷的方锅里做中餐。用在合适的地方才能物尽其用嘛。"

用在合适的地方啊。我回味着辉也这番话，有种被宽慰的感觉。不由得对那口为我冲锋陷阵的大圆锅也有了几分好感。能跟辉也说上话真好。我刚要开口道谢，又被他抢了先：

"你真的很努力了呢。这样的你不就是最棒的妈妈了吗，才不像你说的那么一无是处呢。我就喜欢朝美的认真和纯粹。"

刚刚还空落落的心房，被辉也的表白塞得满满当当。辉也的话为我打造了一处容身之所。

我缓缓地对着电话说道：

"辉也的画，要是能被更多人看到就好了。"

我会努力学会做些家务的——这样的话涌上嘴边，却又被我咽了回去。今天还是先不说这些了，要是明天早上在幼儿园见到穿斑马条纹衫的添岛太太，就从和她问声"早上好"做起吧。

拓海不知什么时候钻进了厨房，毛茸茸的小脑袋凑到我的腰间，头发闪着耀眼的光，巴望着问我："妈妈，我可以吃一些吗？"他的小手指着还没做好的鸡蛋卷，好像一只停在油菜花上的白色蝴蝶。

第三章

渐渐远去的我们

[粉/东京]

"绘奈老师,伸出手手给我看看嘛。"

在萌香小朋友的央求下,我只犹豫了一小会儿。她抬头看着我,小眼睛滴溜溜地转。早上,妈妈把她送进幼儿园,尚未走远,萌香就迫不及待地扑到我怀里撒娇。

"好,伸手手给你。"

我唰的一下把手张开,小家伙的表情瞬间暗淡了下来。

"怎么不涂粉色的了呢?"

我在脸上扯出一个微笑:"嗯……不涂啦。"

"为什么呀?"

因为他们说这样不行。

我把这句话收回心里,拉住萌香的小手:"我们去那边看绘本吧？"

萌香虽然点了点头，但肯定没有想通。一路上连连追问："为什么呢？"软绵绵的问话持续飘荡在我的耳边。

事情是上周二发生的。

九月份有一个周末是三连休的小长假，我去参加了初中同学聚会，难得地涂了一次指甲，结果来上班的时候忘记卸掉了。从短期大学毕业后，我就直接走上幼师岗位，粗略算来已有一年半了。近来可能是对自己的职业要求有些放松了吧。

幼儿园其实没有"禁止老师做美甲"这种规章制度。但是这似乎已经是不成文的规定了，有的老师上班时连妆都不化，更别说涂指甲。

我当时涂的是淡粉色的指甲，并不是什么亮眼的颜色。指甲修剪得短而齐整，也没有贴什么金属闪片或珠光装饰，不会掉进孩子们的饭菜中，更不会伤害到孩子们分毫。我自以为能混过去一天，尽量避免让其他老师和小朋友们注意到我的手，就这样度过了开课后的第一个上午。

到了孩子们吃便当的时间。我把倒好牛奶的杯子挨个发给孩子们时，萌香突然惊叹道：

"哇啊——绘奈老师的手手好漂亮！"

我大吃一惊，想把手缩回去，却于事无补。牛奶还在餐盘上，不可能不发给孩子们。我确认其他老师并没有听到萌香的惊呼，笑着小声应付了萌香一句"谢谢你的夸奖"，赶忙把她的牛奶杯放在桌上。

坐在萌香身边的拓海，摇晃着小小的蘑菇头，得意扬扬地说：

"我妈妈也做那个呢，不是有那种专门在指甲上画画的店吗。"

坐在对面的琉琉也像是抓住了什么感兴趣的话题一样，探着身子，着迷地盯着我的指尖。她编得紧紧的麻花辫的发梢差点扫进牛奶里，我赶忙移开杯子。

"老师，你也是去店里让人家给做的吗？"

琉琉抓住了我的手。这下是无处可逃了。

"嗯……不是去店里做的指甲，是我自己在家涂的。"

"自己在家就能做吗？"

"可以的，很简单的。"我把牛奶分完，只留下一个僵硬的微笑便仓皇逃窜。

孩子们准备放学回家的时候，萌香怯生生地跑到我跟前，嗫嗫嚅嚅地说："绘奈老师，你明天也要给我看你的手手哦。"

她羞红了脸，但还是抬眼望向我。我看着她可爱的小手，忍了又忍，几乎忍不住心里的感叹。

"……嗯，明天给你看哦。"

于是，自那之后的第二天、第三天……我依旧涂着指甲去上班。

"你跟我到办公室来一趟。"

幼儿园闭园后，我正在打扫教室，泰子老师在我耳边小声说道。那是周五的傍晚，我在几名同事交杂着好奇和担心的目光下，跟在泰子老师身后。

泰子老师是拥有十五年教龄的老前辈了，也是"不化妆的老师"。连眉毛都不画。她五官端正，如果化妆绝对是个美人。但在她看来，化妆恐怕是件多余的事情吧。她一向对我们实行高压政策，我从入园的时候就隐约觉得她并不怎么喜欢我。办公室只有我们两个人，我关上门，泰子老师便开口道：

"你，把手给我伸出来瞧瞧。"

她完全没有任何铺垫，上来就要检查我的手。我乖乖照她说的，伸出右手递到她眼前。她粗暴地捏住了我的手指大吼：

"你脑子里都在想些什么呢？居然涂指甲！"

吼完便像扔脏东西似的，甩开我的手。

"添岛琉琉的妈妈跟幼儿园投诉了。说是因为你带了头，琉琉把水彩笔涂在了指甲上，让她很为难。听说你还告诉孩子们，美甲不用去店里,自己做也很简单?为什么要教唆孩子做这种事?"

难怪刚才放学的时候,我遇到琉琉的妈妈时跟她打招呼,她却别过脸去。她常穿着斑马条纹衫的背影浮现在我的脑海。

"我没想教唆……"

"别找借口了!其他家长也发现了。你以为就丢了你一个人的脸?你把整个幼儿园的脸面都抹黑了!"

我紧咬着后槽牙。如果她不分青红皂白地断定我不好,那我无疑是百口莫辩。我默默忍受着训斥,而泰子老师自顾自地将话说下去。

"可能你是想在下班后和男朋友约会。但是我警告你,工作是工作,生活是生活,这两者必须明确地分开!"

不对!不是啊!我完全不是这样想的!我想对泰子老师提出抗议,可最后还是放弃了抵抗。泰子老师肯定总是认为自己是正确的吧。我觉得辩解也没用。我也有用自己的方式竭尽全力地工作,但我不知该如何向她说明自己不卸指甲油的"理由",我也不确定自己的理由是否合理。

"总之,你给我把指甲油擦干净了。"

"……我知道了。"

我勉强做出回应,紧紧地攥着拳头,像是要把粉色的指甲藏起来一样。

当晚，我在棉布中浸满卸甲水的时候，突然想起表姐真琴。真琴表姐稍微年长我几岁，从小就是我想要成为的模样。她长得可爱又头脑聪明，怎么盘头发、怎么围围巾、怎么涂指甲，都是她教给我的。

我上高中的时候，已经在澳大利亚的大都市悉尼留学的真琴姐姐从教育系毕业，现在是英语口语培训机构的一名讲师。为什么不进入正规的学校，而是去英语教学机构做一名口语老师？这个问题我也和她讨论过，她给我的答案是这样的——

"因为我想去教那些愿意花钱给自己一个机会，再好好学一次英语口语的人。想感受到他们的热情，不只是为了试卷上的分数，而是自觉主动地想要熟练掌握一门技能。"

我在短期大学就读期间，特意报了学前教育专业，多多少少也是受了真琴姐姐那番话的影响。我想被人尊称为"老师"。但我们的共同点也仅此而已，我走上这条路似乎并没有多大的抱负，不过是喜欢天真烂漫的小孩子罢了。

把指甲油全部卸掉后，我一头栽倒在床上，摸出手机开始滑屏幕……

我点开手机收藏夹里CANVAS的官方网页。CANVAS是在悉尼面向日本人发行的免费报纸，覆盖餐饮店推荐、活动指南、当地的招聘广告等信息。真琴姐姐留学期间接受过这份报纸的采访，和编辑成了好朋友，从那时起经常给报纸或官网供稿。

免费报纸只能在悉尼读,但网站上的文章在日本也能看到,我时常会点开链接读一读。

我漫不经心地随意浏览着各个专栏,卸掉指甲油的手指在屏幕上来回滑动。一篇名为《打工度假经验分享》的文章跃然眼前,我的手指忽然停了下来。

打工度假这回事我略有耳闻。不仅能旅游,还能上学或工作,好像能签发为期一年的当地签证。我隐约记得有位早我几年工作的前辈,说是要抓住二十几岁的小尾巴去"临期度假",于是辞职了。"临期度假"大概就是在超过年龄限制前享受打工度假的意思,也就是说我还有机会。

我当即在浏览器上输入关键字"打工度假""澳大利亚",然后花了一段时间,埋首阅读逐一点开的信息。

去澳大利亚"打工度假"的工作签证,申请者的年龄范围是在十八到三十岁之间,申请所需的手续费不到四万日元,申请者在当地生活的初期基本费用大约四十五万日元;申请者需身体健康,然后只需持有护照和信用卡就可以在网上办理申请手续。没有录取考试,也不用亲自去澳大利亚驻日本大使馆递交材料。我不由得感叹:这不是轻而易举就能去嘛!

网站上随手就能搜到通过这个互惠项目到那边生活的日本

人的照片——有的人跟澳大利亚人成了好朋友，有的人去潜水，有的人在农场剪羊毛。澳大利亚的治安良好，并且看样子似乎有不少人对日本抱有好感。我之前一直以为像真琴姐一样英语流利又独立的人才能在那里生活，没想到其实也没有很难。

天哪，这岂不是天大的好事吗？！

在幼儿园的工作工资少得可怜，前辈对我百般刁难，妈妈们也是动不动就会投诉，连指甲油都不让涂。去澳大利亚随便做些什么，岂不是要比现在的生活好上太多？至于到底做什么，尽管一时想不到，但肯定有事可做。去了澳大利亚，肯定能找到一些只有在当地才能做的事。毕竟我年轻力壮，也不太腼腆。说不定可以在那边找一个澳大利亚男朋友。至于生活在澳大利亚的理由，可以去了以后再慢慢思考。比如自己想练就一口流利的英语，等假期结束回到日本，进入外资企业工作。或者想做口语翻译，也可以当买手做代购什么的。这些仿佛都是只要现在开始努力，就能实现的样子。

要不要辞掉幼儿园的工作呢？
要不要去澳大利亚看一看呢？

十月下旬的时候，我从园长那里听说了萌香要转学的事。
听说是萌香的爸爸突然被调去别的地方供职，下周就要开始搬家了。

"绘奈老师。"

家长来接孩子的时候,萌香的妈妈叫住了我。她平时话不多,性格内向,今天还是第一次和我打招呼。

"谢谢您对我们家萌香无微不至的关照。"

"……萌香要搬家了吧?"

"嗯,是……"

空气凝固了几秒钟,我正想着必须说些什么,萌香妈妈开口说道:

"绘奈老师,萌香她……咬手指甲的坏毛病改好了呢。"

她笑着,柔声细语地补充。

"这孩子,一直都很喜欢咬手指甲,严重的时候甚至会咬出血。我为此苦恼了很久,也查阅了不少育儿方面的书。书上说不能责怪爱咬指甲的孩子,还说孩子可能是缺少关爱。我一直不明白,自己这么爱她,为什么她还会这样,也因此感到自责。"

"……"

"大概一个月前,萌香兴冲冲地告诉我,绘奈老师的手指甲是漂亮的粉色,还说她也要和你一样,有一双漂漂亮亮的手。她主动告诉我,以后再也不咬手指甲了。她以前的指甲都是锯齿形状,来不及长出来就被咬掉了,现在的指甲长得可整齐了。"

萌香妈妈的声音有些颤抖,我听了也很激动,眼泪都要掉下来了——真是太好了,有人理解了我的愿望。我之前想过,如果萌香喜欢我的粉色指甲,说不定就不会再咬指甲了,就像我仰慕表姐真琴一样。

"真的太感谢您了。"

萌香妈妈向我深深地鞠了一躬。面对她的致谢,我变得语无伦次。

"不过……我很快就把指甲油卸掉了,还担心让萌香失望了呢。"

她妈妈直起身。

"那倒没有。萌香夸的是你卸掉指甲油之后的手指。"

"啊?"

"您没听泰子老师提过吗?"

提过什么?我什么都不知道啊……就连从萌香妈妈口中听到泰子老师的名字,都让我十分惊讶。

"萌香最开始好像是觉得粉嫩嫩的指甲也挺可爱的,也许这的确是一切的开始。但是后来你把指甲油卸掉了以后,泰子老师告诉所有小朋友:绘奈老师的手,是劳动者的手。大家要多笑,多吃,面对所有的事都开心地努力。这样就能像绘奈老师一样,有漂亮的手指甲。长大以后,想给指甲涂上好看的颜色时，如果指甲健康，涂完就会特别好看。"

……泰子老师，和孩子们说了这些？

我吃惊得说不出话。萌香的妈妈盯着自己的手。

"指甲能反映出许多身体状况来呢。我好久没仔细观察过自己的指甲了，孩子她爸一直为生计奔波，经常不在家，照顾孩子的任务仿佛全部都落在我一个人的肩上，我快被压得喘不过气来了。等他调任新职后，全家人生活在一起的时候会多一些。我也想健康地、开心地生活，和萌香一起，养出漂亮的粉色指甲。"

萌香妈妈笑意盈盈的眉眼，和萌香像极了。

"妈妈——"我看到萌香声音洪亮地喊着妈妈，朝我们跑过来。

"告别总是令人充满感伤啊……"

我循声回头，只见泰子老师不知什么时候出现在我身后，吓得"呀"的一声跳了起来，就像看到路边突然蹿出了一条蛇。泰子老师看到我失态的模样，不禁眉头紧皱。

"你也用不着这么惊讶吧。我刚才就一直在旁边站着，想跟家长打招呼来着，但你一直没有离开的意思。"

泰子老师不知为何有些难为情地转向一旁，目送着萌香和来接她的母亲离开。

"那个……"我鼓起了勇气和泰子老师搭话,她却反驳道:

"我不是想包庇或者维护你。不过……"

泰子老师终于转身面对着我:

"你的确是一直很努力地工作。"

泰子老师从未用如此和蔼的口气对我说话,我一时不知所措。也许她真的明白我对孩子们的良苦用心。这样一想,我不禁鼻头一酸。泰子老师悄悄看了看我,恢复了以往的强势:

"你当时要是肯好好跟我解释,我也不会劈头盖脸地说你啊。下次不要一脸闹情绪的样子,我们好好沟通就好了啊!"

她和往常一样严厉地教育着我,话语里却没有压迫感。我这才意识到,不是泰子老师的问题,而是我的理解方式转变了。

"我是不知道该如何解释。当时我觉得,琉琉妈妈生气也不是没有理由的。"

听了我的回答,泰子老师忽然神色一凛。

"即使是不知道怎么解释,也希望你能说出来。我有过类似的经验。我像你这么大的时候,涂过带颜色的唇膏,不像口红那么鲜艳,但抱孩子的时候,不小心蹭到孩子的衬衫上了,是个小男孩。后来他妈妈指责我是个不正经的女人。"

"这也太……"

"嗯……的确是我的过错。所以我从那以后尽量不在身上涂什么带颜色的东西了。但是也有家长觉得,稍微化点妆才符合大人的身份。众口难调吧。再说回你涂手指甲这件事,也确实帮助萌香改掉了咬指甲的坏毛病。但是未必每件事都能照着你的想法发展,你的做法也不见得能让每位家长接受。孩子是最重要的,对他们来说究竟怎么做最好,我们只有一次次地用心去感受。"

我点头,内心不可思议地平静了下来。

每个生命都是不同的,要在不断试错中亲身实践,才能得出正确的答案,找到什么才是孩子真正需要的东西。孩子们一天天长大,每一天都和昨天不一样。在真诚地面对每一个孩子的过程中,我一定也会有所成长。

"感觉好难啊……虽然特别辛苦,但我好像有点明白了,这就是所谓的价值吧。"

泰子老师听我说完,揶揄了一句:"啊唷,嘚瑟劲儿……"她接着又说,"我啊,其实一直都很看好绘奈老师,可能一不小心就对你太严厉了,也是情之深、责之切吧。你跟我年轻的时候很像呢。"

"哎……"我条件反射般后仰了身子。

"你在嫌弃什么啊!"

"不不不,一点也不嫌弃!"

这还是我第一次和泰子老师一起有说有笑,但我忽然发现,自己从很久以前，就在盼望这一天的到来了。

啊啊……我感觉我找到了——

我决定不辞职了，先在这里继续努力工作下去吧。因为这里的一切都令我欣喜万分——帮助萌香改掉咬指甲的习惯、看到萌香妈妈轻松愉悦的笑脸、与泰子老师拉近了距离，这些事都是我想做的。我想要在这家幼儿园做的事还有很多，这就是我留在这家幼儿园的理由。

我和泰子老师并排站着，目送家长和孩子们离开。明天再见啦，要活力十足地再次见到你们哦！萌香在门口转过身，朝我们拼命地挥舞着小胳膊。

第四章

圣人的前进

[蓝／东京]

"哈哈哈……你了解欧洲传统婚礼的新旧借蓝吗？"

理沙用手指来回摩挲着茶杯口，沿着杯口画着圈，一边问道。

之前我原本和理沙经常以"吃货之旅"的名义，四处旅游，品尝美食。但是理沙下个月即将举行婚礼，为此她最近似乎一直在节食减肥。婚庆行业在年底腊月的时候，会迎来自己的"旅游黄金期"，往往会在结婚典礼的费用上进行一些折扣销售。

明明是好久不见的朋友，我们两个人的见面要做的事，既不是晚上一起喝喝酒，也不是共进午餐，而是理沙提议带我去喝下午茶。理沙就近约了一家离我工作的幼儿园不远的云纹咖啡馆，她领着我到了隔着河的对面的树林中探店。影影绰绰地隐匿于樱花林的婆娑树影深处的那家店，打扫得干净明亮。墙壁上装饰着的是最近成为话题的人气艺术家所创作的图案新奇、设计有趣的画。年轻的服务员小哥在给我们提供亲切的待客服务时，偶尔会给我们这两个女孩一种被捧在手心里伺候着的温和的感觉。我们两个心照不宣地对视一眼，含笑低下了头，都表示很欣赏这个男孩子。

我喝了一口咖啡，回答了理沙刚刚问我的问题。"有旧有新有借有蓝，婚礼上的规格礼节，我还是知道的。这一说法是出自《鹅妈妈》那首著名的英文儿歌吧？"

理沙大吃一惊："哎？是这样吗？"这明明是她自己挑起的话题吧？

婚礼四件套——

旧物、新品、借来的、蓝色的。结婚典礼上身着婚纱的新娘，浑身上下披着来自亲朋好友的祝福，带着喜庆的彩头，期待着自己未来的婚姻生活。据说这种讲究最早是《鹅妈妈》歌词里面的话。虽然歌曲中唱道"请在靴子里放入六便士银币"[1]，但实际上的意思是身边的亲朋好友和新人双方都需要为一场婚礼下足压箱底的本钱，拿出手的东西多是忍痛割爱之物。

"喔唷，不愧是幼儿园的老师，懂得可真多呀，泰子

---

[1] 六便士是英国价值最低的银币单位。

老师!"

理沙嬉皮笑脸地揶揄我。我则一言不发地看向窗外。

我们两个从高中开始关系就很好。
我们之间无话不谈,亲密无间。
我们有许许多多相似的地方。
甚至连"没有交过男朋友"这一点都一模一样。
在我们两个人一起迎接三十岁那年的圣诞节的时候,理沙对我说:"等到我们都六十岁了,要还都是单身的话,咱俩就搬到一起住吧。"

我笑着回答她说:"虽然有些不情愿,但恐怕也没有其他什么能安度晚年的好办法了。"当然了,如果我们两个人当中,有一个人有幸能先找到合适的伴侣是再好不过的事了。说"单身到六十岁然后生活在一起"这种话只是我们两个单身女人经常会开的"小玩笑",我明白这些话从来不是像约定好的"承诺"一样沉重而严肃的事情。但是我真心觉得,如果变成那样的话也是很开心的。自从第一次"约定"好退休生活怎么过以后,到现在已经过去六年了。

一年前,在一家轻食意大利餐厅,理沙跟我宣布——她有个正在交往的男朋友了,并且两个人有结婚的打算。

我的内心一阵躁动："去你的……"

也就是说，三十四岁的时候，是人生中第二次的"结婚高峰期"。

上高中时，我和理沙两个人都不擅长跑马拉松，在马拉松大赛上我们两个明明提前说好了"要一起跑哦"，可是一旦到了最后的冲刺阶段，理沙就渐渐开始提速，丢下我一个人，率先跑过了终点。不过这种小事，我并不会因此而心怀芥蒂。马拉松大赛什么的，对我的人生而言算不上有多么大的价值，也不具有多么宝贵的意义。但是当时看她拼命地奔向终点的背影时，在我心底还是留下了令人错愕的回忆——"理沙原来是这样的人啊"。

从理沙口中听到"结婚"这个词的时候，脑海中浮现出那场马拉松比赛在我脑海里留下的印象——远远地把我落下、距离我很遥远的理沙的背影，于是差一丁点就脱口而出说一句"好个屁"这样的台词。不管怎么说，都还是应该道两句恭喜。如果我听闻她喜事将近，却连个笑脸也没有，那么她未免过于可怜了。

但是在理沙埋下头的瞬间，说出的下一句话，"他现在还没离婚……"让我好不容易拉扯嘴角挤出来的笑容一下子全都耷拉下来了。

"不过,我跟他认识的时候他和他老婆已经分居了……"理沙后面的话我是一个字也听不进去了,劈头盖脸地打断了理沙的话。

"不行不行,这种男人,我请你放弃这段感情吧!他说他会离婚绝对只是说说而已。不管怎么样他都不会离婚的。你已经是快要奔四的人了,你明白你在做什么吗?"

我心想既然已经把扫兴的话说出来了,索性"将错就错",喋喋不休地对着她劈头盖脸地说教,理沙则怯生生地孤零零地坐在我对面。

"泰泰子,你不懂啊。"

我气得没话说。我原本还以为,她的事情没有什么是我不知道的,她也一直懂得我的想法。

隔壁卡座上的人用餐时,刀叉与瓷盘发出咔嚓咔嚓冰冷的声音。理沙把目光从我身上移开,转头看向窗外。

"泰泰子,你看你多好。手上有着一份铁饭碗似的工作。而且这也是一份你所热爱着的,愿意为之奋斗的事业。幼儿园的老师,世人眼里多么正派、受人尊敬的工作呀,并且随着你年纪的增长,经验越来越丰富的老教师会更被园方领导所器重,越发被家长们所信赖,对吧?我可是随时都会被辞退的合同工,没有任何资格证和技能证书。不知道什么时候会被公司一脚踹开，你知道我每天过得多么惴惴不安吗?!"

迄今为止嘴上说羡慕我的，给出的理由跟理沙一样的人不计其数，一模一样的话听了不知道多少遍。什么"真羡慕你手上有份体面的好工作""你工作好轻松哦，真是份稳定的工作""你上班就只是和孩子一起玩吧，这就可以拿到钱真是份美差呀"。

这些话说得简直就像是在开玩笑。要是觉得我在幼儿园里唱唱歌或者随意摆弄几下钢琴，然后等幼儿园的孩子中午放学回家后，我也就跟着没事干了，那真是大错特错！众人或许不相信，但我作为幼儿园老师甚至还有熬夜工作的情况，即使是不断有刚毕业的年轻老师入职，他们也会很快就辞职，我们这些保育员老师从孩子们踏入幼儿园的那一刻开始，就会受到各位监护人的严密监控，稍有不称家长心意的地方就会被投诉，然后明言禁令地随意对我们列出一系列琐碎的要求。

迄今为止，我一直想宣泄种种不满，但这次抱怨的对象只有理沙。理沙竟然能说出那样的话，着实令我感到意外。想来却也是情理之中，理沙阴阳怪气地说出那些话，是因为不满意自己的工作是一份临时的合同工，并且我当初进幼儿园是找了叔父这层关系，走后门才有了现在这份工作，她恐怕对此事颇有微词。但我在校期间一直都有好好学习、用功读书，快毕业了就兢兢业业、认认真真地一家家公司投简历、找工作。我用自己的实力把该做的事情都做到了。"泰泰子你看你日子过得多好呀。"我不想让让她轻飘飘的一句话就评价了我的人生。我怒火中烧，气焰一下子高涨起来，对理沙讽刺道：

"资格证书之类的，你去学去考，取得了不就好了吗?! 理沙，你哪怕是从现在开始学习，重新投入某一行也都来得及吧! 你想逃避这一切躲进婚姻里去的想法未免也太天真了吧!"

"不是你想的那样的……我和他……"

"他跟你说还在商量离婚的事情了? 那他不仍旧是已婚者吗? 说白了这就是婚外情。难道不是以结婚为诱饵，哄骗你这种着急结婚的人吗?"

我问完后，理沙陷入了沉默，随即很落寞地笑了笑，说："泰泰子，你果然是不会懂的。"

我没好气地回答："对，我就是不懂。"在这之后，两个人都陷入良久的沉默。

我不知道她究竟怎么想的，也不想知道。就连理沙也是如此看待我的工作内容，连她也不懂我的心思吗? 我才是那个有很多很多心事的人啊。

气氛变得很尴尬，不欢而散后，我们甚至渐渐失去了联系。

自从在轻食意大利餐厅一别，已一年有余，过年的时候曾经收到过理沙寄来的新年贺卡，她在明信片上用欢快的笔迹写道："他成功离婚了。"干净清爽的空白上，只留下这一行简单的话。看了明信片上的留言，我心里最直观的真实想法就是"万万没想到"，因为我原本觉得他们两个无论如何也不会修成正果，以为不会如她说的那样顺利离婚再结婚。看在理沙主动跑来找我说话的分上，我再对理沙的联系置之不理于情于理都说不过去。我很挂心理沙的事情，但是如果回复她说一句"恭喜你的未婚夫成功离婚了！"似乎也显得莫名其妙……

进入十月份后，我收到了理沙的电话，她通知我："我们要结婚了。"不管怎么说，我们两个人就这样重归于好。通完电话没几日，我就收到了理沙寄来的婚礼请柬，在我做出确定出席的回复后，理沙特意写了封电子邮件给我，信中提出想要约我出来见一面，喝杯茶聚一聚。

没过几天，估计是统计完来宾数量的理沙发现没有我的信息，便又特意给我发了一封邮件，询问我是否出席。看来这次是无论如何也躲不过了，索性两个人约了出来，于是便有了今日在云纹咖啡馆中的一聚。天空格外晴朗，这家咖啡馆装潢很漂亮，从窗外望去，能看到满天秋叶飞舞。

"婚礼四件套里面，我已经凑齐三样东西了。旧物件是一条妈妈的珍珠项链，自己购置的新东西是蕾丝手帕，然后还找姐姐借了她结婚时候戴过的长手套。只剩一个蓝色的东西没准备好。"

在婚礼上，能使用的蓝色物件，似乎确实不是很好找。我闭目冥思——铺天盖地都是雪白色的圣洁婚礼殿堂，很难想象蓝色的东西要放到哪里才合适。我私心想着理沙要是有婚礼恐惧症、婚前忧郁症放弃折腾这些麻烦事就好了。不经意被自己阴暗的小想法吓了一跳，暗暗责怪自己身为朋友竟然不替她盼点好的事情发生。一旁的理沙全然不知我丑陋的小心思，她的身子微微向前倾靠近我小声说着话。

"不如你在身上看不见的地方，或者是不起眼的地方点缀些蓝色好了。国外有很多人会在婚纱下面穿蓝色的吊带丝袜，现在还挺流行这种搭配的。"我建言道。

"吊带丝袜吗？"

"嗯，虽然是吊带丝袜，但我觉得穿在婚纱底下谁也看不到吧。"

理沙突然红了脸，显出忸忸怩怩的样子来。明明吊带丝袜并不是什么成人情趣用品，但是理沙却摆出一副纯真的样子来，这副羞涩的神情倒是颇符合理沙的性格特点。

我笑着打趣她："你挑战一下也没什么不好的嘛，就当作人生第一次体验穿吊带丝袜。"

理沙涨红了脸,幅度夸张地挥舞着摆手:

"啊呀!讨厌,不要那样啦,我本来也不怎么喜欢蓝色,这颜色过于冷清了。"

我听了一愣:"是吗?原来你是这样想的啊……我倒是挺喜欢的,蓝色能营造一种诚实、可信的氛围,印象里是道德观念很强的颜色,给人安心可靠的感觉呢。"

"嘻嘻,果然是泰泰子呢,果然是与你很像的颜色。"理沙笑眯眯地说完后突然神色黯然地悄悄叹了口气。气氛瞬间安静下来,我也莫名其妙地跟着她的一声叹气变得不安了起来,两个人都显然回忆起了上次剑拔弩张的争吵。刹那间,我们的眼神飘忽不定,始终避免着四目相对、视线交会。我尴尬地捧起手边已经凉透的拿铁咖啡,咕咚咕咚地一饮而尽,然后又仰头喝空了玻璃杯中的水,只留下晶莹剔透的玻璃杯静伫在实木长桌上。

理沙首先打破了沉默的僵局。

她喝了一口红茶,冷静地对我说:"之前那次,我当时说泰泰子你什么都不懂,你还记得吧?"

"嗯,记得。"

"我那个时候用了卑鄙的措辞。真的很对不起,说了那样的话，我心里一直感觉很过意不去……"

"嗯……"

"我一直以来都很崇拜你，总在心里感慨泰泰子很优秀。从高中开始你就对自己要做的事情，目标明确，并且一直在为之奋斗，认准了一条正道就一步一个脚印踏踏实实地走下去。反观我，一直在迷茫自己该何去何从，不是在浑浑噩噩走错路，就是在兜兜转转地绕远路……我没有那种心怀热忱想要去做的事情。脑子总是稀里糊涂，笨嘴拙舌的，说不明白我想表达的东西。但是我想告诉你，这一次，结婚这件事，不是我被别人的决定推着走，而是我这辈子第一次感觉到了这件事是我想做的、这个结果是我想要的，我期待我和他之间的感情最终能如我所愿。我该怎么向你表达我的心情呢？这就是我存在于宇宙间的终极愿望。"

我大吃一惊，我从来没见过理沙的态度如此坚决，语气措辞如此强烈。

云纹咖啡馆的店内，在吧台高脚椅上坐着的男人展开铺在面前的报纸，草草地朝我们这桌瞄了一眼，仿佛在提醒我们注意自己谈话的音量，但是理沙这会儿说得正兴致勃勃。

"但是我想说，我在第一次见到他的时候，就非常非常想和他在一起……确实，他当时还没有离婚，后来在他离婚后，我意识到我非要这个人不可，我就是非他不嫁！换了谁都不行。"

理沙说这话的时候，满眼闪耀着光彩，我恍惚间觉得，似乎她整个人都被所谓的"命运的安排""来自宇宙的礼物"所支配着，倾诉着自己从小渴望的爱情终于实现了。

"话说回来，我真的是非常渴望他，我内心祈愿无数次要和他在一起，想要成为他的妻子。这次一下子梦想都实现了，这次……"

理沙的语调显得有些迟疑，她稍微踌躇了一下，然后又很小声很清晰地说："我想成为母亲。"

理沙讲话时意愿过于强烈，说完后她耸了耸肩膀……
"我以前也没发现我这么有野心，自己都吓了一跳。"
正在我搜肠刮肚不知道该找什么合适的话去回应理沙的时候，她的手机响了，理沙把手探进包中一阵摸索。

她悄声对我说："是裕幸的电话，失陪一下，我去接个电话马上回来。"

理沙留我一个人呆坐在座位上，自己拿个手机跑出去接电话了。裕幸，就是她的结婚对象吧？

理沙这丫头从过去开始总是一副迷迷糊糊的样子，摆出愁眉苦脸的表情来，最终却十分狡黠地有了完满的结局。理沙的性格和为人处世与我是完全相反的两套模式，我想不起来我和理沙是怎么变成亲密友人的，回过神来我们已经是彼此的挚友了。我想不起来这段友谊的缘起，想不起来为什么我们一直那么亲密无间，想不起来我为什么会喜欢理沙这个人。

反正我是不会像她一样，正说着话就把好朋友一个人扔下跑去接别人的电话。

我心里极其不满，自言自语地小声嘟囔了起来。就在我絮絮叨叨埋怨理沙的时候，身后传来服务员的道歉声——"对……对不起，打扰了！"我扭头探出身子去，循声张望，只见店员小哥举着水壶站在一旁，做出正要给玻璃杯倒水的架势。

"啊，不要紧，刚刚没有想要指责你什么的意思。"

服务生小哥微微欠身施礼后，给我的玻璃杯中续满水。

他面带一种刚出浴般清爽的笑容，真是个既清新又充满朝气的年轻人。他给我的感觉很像我们幼儿园已经工作两年的绘奈老师，他们身上有着严谨认真的工作态度，是当下社会里十分难得的礼数周全、踏实能干、态度端正的年轻人。

"我对面坐着我的朋友，她刚刚把我一个人扔下出去接电话了。我们可能还要坐着再聊一会儿。"

我向服务员小哥解释面前的情况，他微笑着表示明白了，他倾斜着水壶回应我说："我想她是考虑到要避免打扰其他顾客，所以为了大家，自己一个人出去接电话了。在我看来是一位心思缜密、举止有修养的客人呢。"

我像是内心受创的空洞被人填补上了，突然找到了答案，因为与理沙相处，她的优点反而被我视而不见，站在别人的角度看来却是一眼就能发现的事情……

"我一路走来都是在选择所有该走的、正确的路，活成别人所期待的样子。哪里出错了吗？"

"我觉得比起一直走在所谓的捷径、正路上，哪怕走了弯路也能坚持不懈地奋勇向前，是很令人敬佩的事情。有勇气走弯路，就有福气收获沿途意外的惊喜。嗯……当然了，这只是我个人的一点愚见。"

听到他这么说，我很诧异地发觉自己又回忆起那场马拉松大赛。理沙在最后一圈的时候不再等我，一个人撒欢儿般冲刺向终点跑去……当时沿途站着一位数学老师，现在作为一名大人、以同为老师的身份回想起来都觉得，当时他在班上是个蛮横的"独裁者"。一直瞧不起自己教授的学生，动辄言语侮辱，冷嘲热讽地打压学生。当时比赛结束后，他看见我和理沙在一处喝水休息，与我们擦肩而过的时候，当着我的面，对理沙说："你这种笨蛋，会把傻气传染给泰子的，离她远点！"

理沙当时听了老师的话，咯咯地笑了起来。可是我现在回忆起来——好像从那以后，我感觉理沙的确再也没有当着数学老师的面和我走在一起了……我并没有把"笨蛋"当作很严厉的词，只以为是开玩笑而已，甚至心里觉得能说这话的数学老师才是枉为人师的白痴，不值得多费口舌。但是理沙一定为此感到备受打击吧……所以才会拼尽全力地从我身边逃开。我至今都没有注意到的小事，是割裂我们之间友谊的万千裂缝之一，真正的笨蛋是我才对。

"陪伴在一个人的身边是很困难的事……"

"是啊，但即便是偶尔做错了些什么事，仅仅是心里记挂着对方，就已经足够传递你的这份心意了。你也会享受于揣摩对方的想法。"

服务员小哥这么说着，像是回忆起什么来了一样"扑哧"一声站在一旁笑了出来。

真是个单纯善良的男孩子呀，能够直率地表达自己……我微笑着喝下他刚刚给我倒的水。

"只要想到那个人就会觉得心情愉悦，我希望她能和令她快乐的人幸福地生活下去。"

我跟小哥四目相对，默契地笑了起来，我感到脸上一阵滚烫，然后羞红了脸。

不久，理沙就回来了。

她还没落座就连连赔罪："抱歉抱歉。实在是对不住了，跑出去接了个电话。其实今早，裕幸的奶奶摔倒受伤了，说是好像都骨折了，现在正在做进一步的详细检查。你也知道老年人身子骨很脆弱的，这一跤摔下去可真是要了命。医生说这两天先留院观察，老人家如果情况稳定，那就没什么大碍……他奶奶一直一个人住，之后就算出院了也要有人照顾，伤筋动骨不是一时半会儿能痊愈的。刚才一直在担心奶奶那边的情况……所以……"

原来是这样，那确实是一通必须要出去接的电话了。

"理沙，你真的不用去医院陪护吗？"

"嗯……裕幸说他知道我今天跟最要好的朋友约好了要见面。我……其实我也是想见泰泰子想得不得了，今天无论如何也要跟你坐在一起聊一聊。"

理沙温和的脸上非常直白地流露出对于今天能和我见面的"心满意足"，嘴角扬起天真无邪的灿烂笑容。向来有话直说、从不拐弯抹角的她，光彩照人得令我目眩。

我从学生时代起就一直是一个招同学们厌恶的人，大家都讨厌我，但不至于到被孤立、被排挤的地步。用"敬而远之、望而生畏"来形容学生时代大家对我的态度比较合适。也拜此所赐，学校的年级委员推选，明明没有一个人愿意推荐我，没有一个人投我的票，老师却因为我一板一眼的严肃性格，便自作主张提拔我为管理学生的"纪律委员"。自此，我越发被同学们疏远。打扫卫生时偷懒的男生、上课窃窃私语扰乱课堂纪律的女生，统统被我严词警告。大家因此对我越发不满，而我却不明白为什么大家不能按照规章制度做事呢？

在我为数不多的恋爱经验当中，甩了我的男生更是当着全班同学的面，吼我些"跟你这货在一起，我都快窒息了！""你这种人太自以为是了，总觉得自己的话才是真理，你什么都对！别人做什么都入不了你的眼，净会挑刺！"之类的话。

但是，理沙跟所有人都截然不同。

理沙有些笨拙憨厚，甚至可以说她很没主见，是个爱哭鬼、小鼻涕虫。按理来说，这样自我意识孱弱、谨小慎微的理沙，更应该觉得严厉的我是个狰狞可怖的人，从而躲得远远的，完全不敢招惹我才对，可她上学时一点也不避讳在众人面前做我的跟屁虫，像小尾巴一样与我形影不离，心宽地在人群中唤我："泰泰子！泰泰子！"她从未对我有过戒备之心，向来都是有什么就说什么。理沙是绝对不会说我半句坏话的人，是任何时候都不会撒谎骗我的人。

说来也奇怪，就连我自己也说不明白，像我这样一个不苟言笑的人为什么会深受小孩子的喜爱。那种被人们惊呼"哇——好可爱的宝宝"的孩子，都会绕过众多人们伸出的双臂，径直走向垂手站在一旁的我，向我伸出手来。而这也是我从事学前教育、成为一名幼师的契机，我想教给这些需要人保护的小孩子，如何选择正确的道路，如何堂堂正正做人，如何避免误入歧途。我在幼儿园工作的初衷，就是因为想要生活在小孩子们中间，我厌倦了在成年人的世界中做正确的事情却被众人非议排挤。

"理沙！对不起，我出去一下……稍等我十分钟，就坐在这里等我就好……我马上回来！"

我飞奔着离开了云纹咖啡馆，一路跑出落叶萧瑟的树林，跑过了桥才停歇下来，云纹咖啡馆和坐在窗边的理沙在密林中越陷越深……我向着对岸车站附近建筑物散乱林立的居民社区全速跑去。我想起曾经远远看见过一家内衣店的宣传看板，上面的海报展示着性感又精美的内衣。

如果是我的话，绝对不会允许自己喜欢上一个已婚的男人……

如果是我的话，绝对不会因为穿吊带丝袜这种事情而忸忸怩怩……

如果是我的话，绝对不会兴冲冲去收集什么婚礼四件套……

但是——

理沙是理沙，如果是她的话。

我终于来到了那座架着宣传看板的大厦脚下，四处找寻着进入了位于地下的内衣店。

狭小的房间里灯光昏黄，只有一名留着复古长鬈发的女性店员在看店。我不是来找刚刚和理沙聊到的吊带丝袜，而是想找一条女式短内裤。一件独一无二的东西。

店里摆放的衣物有深蓝色、水蓝色，都很好看，但不是我想要的颜色。

啊，有了，是青蓝色。但是这种颜色的内裤上面不是印有波点图案，就是点缀着层层叠叠的精致的蕾丝花边，尽管也都非常精致可爱……但都不是我想要的款式，我想找的是——

突然，我找到了——就是它了！我找到了符合一切想象的蓝色内裤，"噌"的一下蹿到收银台旁边的内裤专柜，眯着被光刺得睁不开的眼睛，向店员寻求帮助。

"您好，能请您受累帮我取一下那件内裤吗？"

店员嫣然一笑，帮我把内裤取了下来，递到我手里，介绍说："这件内裤里面加了生丝，是很亲肤的材质，穿起来会很舒服。"

我拿在手上细细抚摸，是我想要的——材质上乘，设计典雅简约，清爽又深沉的皇家宝石蓝，鲜浓的蓝色中带着优雅的紫调，给人以浓郁沉稳、高贵圣洁的印象。

"嗯……这是我要送给我最好的朋友的礼物，请务必包装好。"我向店员嘱托道。

"好的，我明白您的意思了。"

店员一边说着，一边把内裤包得像蛋糕一样精美漂亮。

"很高兴您能选择这件内裤，这是我最得意的自信之作。"

她把内裤包装好后放在一个印有商店标识的纸袋里递给我，说："已经按您的要求完成了，请您确认一下商品和金额。这条女士内裤的产品名称是'玛利亚'，欢迎您的选购。"

当我听到商家取的这个名字时，惊奇到屏息。我稍微平复后，凝神追问："是圣母……玛利亚吗？"

"是的。这种皇家蓝是象征圣洁尊贵的圣母的颜色。特蕾莎修女的头巾上也一直有着这样几道蓝色的线条，同样也是圣母玛利亚的象征。"店员向我科普着这条内裤背后被赋予的意义。

不知道为什么，这些都正合我心意，实在是太好了。我不禁喜上眉梢，笑逐颜开地连声称赞着这条内裤设计得别有深意，喜出望外地把袋子接了过来。

代表母性光辉的圣母，耶稣的母亲，天下所有母亲中最伟大的母亲。

在这里，鲜艳浓郁的蓝色不是冰冷的颜色，而是清新脱俗的、深沉高贵的，一如理沙给人的印象。

我一路小跑着返回云纹咖啡馆，快走到店门口时，树影婆娑间隐隐约约看见了靠在窗边发呆的理沙。

我调整好呼吸，显得不那么气喘吁吁后才推门进入店里。静悄悄地坐到了理沙面前。

我刚一坐下就把纸袋子塞进她怀里说："喏——给你，在旁人看不见的地方，你能穿的婚礼四件套中的最后一件物品。因为你觉得吊带丝袜过于羞耻了，所以我买了可以穿在底下，能被衣服盖住的东西。这是我的一点小心意。"

"……什么？你跑去买内裤了啊？就在刚刚？"

"是的。怎么了？你想抱怨什么吗？"

说完之后有点后悔，为什么我就不能好好说话，非要用一副阴阳怪气的口吻，来掩饰自己的羞涩。即便我是如此，理沙闻言还是"扑哧"一下笑了出来，接过装着礼物的袋子。她温暖的笑容，将我从自责和难堪的情绪里解救了出来。

"嗯……我只是感到意外，很少见你在没有计划好的情况下临时起意去做什么事。"

我明明已经告诉了理沙礼物是内裤,她却毫不避讳旁人的目光,拆开包装,皇家蓝的内裤瞬间展示在她眼前,她止不住地惊呼:"哇啊——"

"好美的颜色啊!这……这款式也太漂亮了,谢谢你。这下子第四样蓝色圣物也收集齐了!"

没想到她会当着我的面在公共场合大大方方地打开礼物……不管怎么说,此刻理沙心满意足的笑容,让我也很想谢谢她。

"小朋友,可是很棘手的!"

理沙一边爱不释手地捧着内裤一边看着我,我告诫着一心想做母亲的她。

"小孩子不论是刁钻脆弱也好、可爱有趣也罢,都能茁壮成长,作为母亲即便是片刻不离地守在孩子身旁,还是会惊讶于孩子在不知不觉地长大,他们懂得的道理,看待世界的方式,比我们能察觉到的内容要多得多,孩子成长起来,真的就像只小怪物一样。"

我凝视着似乎在发愁的理沙,她很快也冷静下来回望着我。

"正因如此,才需要你做好充分的思想准备。孕育一个新生命,仅仅靠着强烈的意愿是不够的,当妈妈这件事也是,要明白什么是该做的、什么是不能做的事情。用你所拥有的巨大的欲望、无尽的爱意带来的勇气,再加上裕幸和你饱含爱意的婚姻,穿着这条内裤的你,腹中一定会孕育出你期盼已久的小生命。"

理沙突然紧紧地攥住丝绸面料的内裤。嘴巴绷成一张弯弯的弓形,睁大了眼睛,神情严肃。我并没有被吓到,我很了解那是理沙快要哭出来的表情,她在忍住不让眼泪掉下来、不在安静的咖啡馆里号啕大哭。

"理沙。"

我轻轻唤她一声,听到我在叫她的理沙微微抬起了一点头来。

"恭喜你啊。"

我终于对她发出了由衷的祝福。理沙也终于堂堂正正地在我面前坐直了身子仰起脸颊,不加掩饰地当着我的面,大方地啜泣起来。

理沙的婚礼结束一周后,前去度蜜月的理沙从遥远的悉尼寄来一张背景十分空灵的明信片,洁白的信纸上写道:"南国海滨,天朗气清,惠风和畅,喜得蔚蓝,遥寄短函,念及泰泰子,愿展信欢颜!"

明信片的背面是一望无际的湛蓝的天空,我把那美丽而静谧的蓝色封面朝外,牢靠地钉在墙上,拔都拔不下来。

第五章

相逢

[红/悉尼]

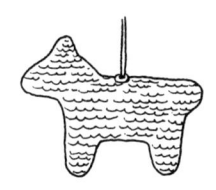

我们约定好，如果走散了就在长颈鹿展台的前面会合。明明是说好后才一起逛的，可没过一会儿我就找不到裕幸了，之后我呆呆地看了十五分钟的长颈鹿。

塔龙加动物园是澳大利亚最大的动物园。二十一公顷到底有多大，我没有什么概念，但这里真的大到让我完全没有心思去找裕幸。游览指南介绍说这里有超过三百四十种动物。长颈鹿展区不过是位于正门入口处的第四个景区，单单走马观花地在动物园转一圈就需要一整天，再这样等下去，岂不是什么都看不了了……考拉还在树上睡觉，袋鼠或鸸鹋之类的，我还一只都没看到呢……

十二月的悉尼正值盛夏，虽说这里气候干爽，不像东京的夏天那般潮湿闷热，阳光却明媚到有些刺眼。我用帽檐遮挡住眼睛，喝着瓶装汽水。

塔龙加动物园坐落在海边。我们今天早上是从环形码头乘渡轮来的。从长颈鹿展区的围栏放眼望去是悉尼海湾，海湾对面耸立着鳞次栉比的建筑群。长颈鹿，大海，摩天大楼……一副充满了魔幻色彩的景色。

昨天晚上，我们在街边的一间日式餐厅拿到了一份免费的日语报纸。这一份叫作CANVAS的信息类报纸似乎不是面向观光客发放的旅游攻略，更像是为了生活在悉尼的日本人量身打造的。我尽量躲在阳光不太刺眼的地方，摊开了这份报纸。

报纸上刊登了今年的圣诞特辑。这么一说，下周就是圣诞节了。

《澳大利亚的圣诞老人，会乘着浪花来吗？》

插图里，穿着红色泳衣的圣诞老人，戴着墨镜骑在冲浪板上……是啊，眼下正是盛夏。圣诞老人那略显轻浮的模样逗笑了埋头看报的我。

可真是难为圣诞老人了。要是滑雪橇，还能靠驯鹿把圣诞老人和圣诞礼物一起带到目的地。如果换成冲浪，没有发达的运动神经支撑可是很难的。圣诞老人既要保护礼物不被海浪打湿，又要一个人漂洋过海，未免过于孤苦了……

如果我是圣诞老人，被派到澳大利亚就绝对完蛋了。冲浪什么的，我根本没尝试过……我一边这么想着，一边望向四周寻找裕幸的身影。

裕幸是个好人。他是我做派遣员工后供职的第三个公司的科长。他待人温柔，又懂得分担家务，花钱从不吝啬。从来不会阴阳怪气地讽刺我的失败，在餐厅也不会对店员表现出傲慢，这些我都非常喜欢。策划蜜月之旅的时候，我提到悉尼不错，他的回答是："好啊，那查一下悉尼。"既没有敷衍我"去哪里都行"，也没有用"悉尼这种地方就算了吧"之类的话来否决我的提议，而是真的为我查找了许多攻略，亲自咨询几家旅行社，准备了好几种行程方案，他是个非常细致的人。

结婚仪式的早上，我将户口迁了过来，仪式结束后我们立刻上了飞机。眼下是到达悉尼的第二天，也就是说，到现在为止，我做了三天裕幸的妻子。妻子……我是……裕幸的……妻子了。我暗自思忖着，内心深处泛起浓浓的安心感，但是，同等分量的不安也蔓延开来，侵蚀着我心底的防线。

我将报纸卷成一个纸筒后收进包里，抬手看了看腕表。已经过去二十分钟了，裕幸还没有来。

眼见着长颈鹿的脖子蔫了下来。这么长的脖子，一定很不方便吧。如果感冒的时候嗓子疼，都说不清具体是哪个地方痛吧？它们每次闭上眼睛时，那仿佛刷了厚厚的睫毛膏的浓密睫毛都好像会发出沙沙的响声。有两只长颈鹿不知何时钻到了我的身边，一声不响，完全没有凝视对方，只是不时地吃几片树叶，或是眺望远方的建筑。

"啊呀，看吧……很时髦呢。"

身后传来有人说话的声音。我转过身，身后站着一位身材娇小的老太太，她身旁还有一位身材和她差不多的老爷爷，一脸笑呵呵的样子。

当然了，被称赞"时髦"的并不是我，人家好像是对着长颈鹿说的。

"周身的斑纹很漂亮，就连尾巴都这么有美感。"
"就像戴着一顶皇冠呢。"

这对老夫妻语气温柔地聊着天。我与裕幸在成田机场的机场大厅似乎看到过他们。我和裕幸的行李上贴有旅行社派发的标签，他们的行李上也贴有同样的标签。我记得自己当时便断定他们和我们参加的是同一个旅行团。他们看起来是一对非常恩爱的夫妻。也许是老妇人注意到了我艳羡的目光，对我微笑寒暄：

"你好呀。我们好像是乘坐同一班飞机来到这里的。"
"是的，是同一趟航班。"

"你的同伴呢？"

"呃……我们走散了……"我难为情地低下了头。

"这样啊……你们是新婚夫妇吗？"

"今天是成为合法夫妻的第三天。"

"哎哟哟……"老奶奶和老爷爷不约而同地笑了。他们不光体型相似，连长相都很像，就像包裹在花生荚里的两颗亲密的花生。

"在这么大的动物园里走散的话，要找到对方很难啊。"

"没关系的，我们约好如果走散了，就到长颈鹿展区会合。所以我只要在这儿等着，他迟早会来。这种情况经常发生，走着走着人就不见了。"

我自嘲地笑了笑。

总是这样。尽管裕幸人很好，但有时又难以捉摸，自由过了头，不免让我犯难。他平时越是待我温柔，一声不吭地把我忘在一边的时候，我就越是茫然若失，然后变得心乱如麻。或许，他并没有那么喜欢我。

我强迫自己尽量不要去想太多，但令我涌起不安的原因还有一个——裕幸离过一次婚。认识裕幸的时候，他跟前妻正处于分居状态，所以我不停地告诉自己，我并没有将他从前妻身边抢走。

我一定要嫁给这个人。我的心情第一次如此热切。终于得偿所愿的那一刻，疑问才突然浮上心头：裕幸和他的前妻为什么没能顺利地走下去？但我总不好意思去问裕幸这些，我自己也不想听到他的回答。说到底，他们之间的事本来就与我无关。

但是裕幸与前妻肯定也是因为相爱才会结婚的吧？他们也在婚礼上有过"爱将永恒"的承诺吧？同样都是因为命运的红绳相结才走到一起的，为什么天下还会有这么多夫妻无法白头到老呢？哪怕是我们，也无法保证一辈子不会分开。

"哇——"几个上小学的男孩子惊呼着跑了过来。应该都是当地的孩子，叽里呱啦地嚷着我听不太明白的英语，聚过来又跑过去。孩子们的动静着实不小，但是在空旷的园区里，并不显得吵闹。道路铺得整整齐齐，动物们悠闲地游荡在满是花草树木的大自然中，看上去非常惬意。这里宛如一个小小的热带雨林。

"虽然偶尔会跑丢，但是他也会一如既往地回到你身边吧？"老奶奶说。

我闻言抬起头来：

"我知道他会回来，但是，连在悉尼都这样……真让我心里没底……"

"是啊，不过到了这种地方，他也许是觉得好玩和新奇，便不由自主地凭着好奇心四处跑了吧。"

老奶奶"扑哧"笑了起来。我看着她温柔可亲的眼神,心一下子就软了下来。

"您二位结婚多少年了呀?"

"今年我们就结婚五十年了。来旅行就是为了庆祝这个的。这趟旅行是我们的独生女儿送给我们的礼物。大概两年前吧……小皮的……哦,小皮就是我们的女儿,她的发小在悉尼举办了婚礼。小女受邀出席,觉得这是一座美轮美奂的城市,所以说什么也想让我们来悉尼看看……"

老奶奶高兴地笑着,老爷爷的嘴角也扬了起来,两位老人脸上微笑的弧度都大致相同。"真是个孝顺的好女儿啊!"老奶奶听到我的夸赞,变得更健谈了。"我女儿在东京开了一家女士内衣店。这孩子从小就有一双巧手,喜欢做针线活。以前她也做过连衣裙,后来又觉得做内衣更有意思。现在开店卖自己设计的孤品内衣,像是胸罩、内裤之类的。如果你喜欢,下次去她店里看看。"

好的,我点了点头。一想到这位瘦小的奶奶身体里竟然曾分娩出一个小婴儿,我就觉得不可思议。这个小婴儿蹒跚学步,从一个小女孩长成一个大人,送给父母一份叫作旅行的礼物,还经营起了自己的商店。如果没有这对夫妻的结合,他们的女儿甚至都不会存在于这个世界。

太奇妙了。生而为人,真是一件了不起的事。

当我告诉好朋友——幼儿园老师泰泰子——我想要个孩子的时候，她告诫我："要先做好思想准备再要小孩。"遇到裕幸之前，我从没想过要成为母亲。我本以为，无论是分娩还是抚养，都是我不可能完成的任务。可是，和裕幸结婚让我第一次有了这种想法。如果是我和裕幸的孩子的话，我想见见他。

从小到大，我从来没有渴望过什么。"喜欢""想要"之类的情绪，是从遥远且陌生的地方不由分说地赶到我身边的。渴望是一种天赋，我鲜少得到这种天赋的垂青。所以，当我不可自拔地爱上有家室的裕幸，还想为他生孩子时，我被自己吓了一跳。只有一个原因能够解释我强烈的欲望从何而来，那就是裕幸是我的"真命天子"。如果这个原因其实并不存在，我又该何去何从呢？这是我无法与人诉说的担忧。

我怀着敬佩与尊崇的心情赞叹道：

"五十年以来一直伉俪情深，您二位真是被命运的红绳紧紧相牵的有缘人啊。"

我话音刚落，老奶奶便一脸认真地放大了嗓门说：

"命运的！"

老爷爷接过话头：

"红绳!"

二人对视了一眼,爽朗地大笑起来。

"居然说命运的红绳……世上还有这么浪漫的大小姐呀!"

老爷爷并没有嘲弄的意味,语气中更多的是感动和温暖。老奶奶则害羞地连连摆手。

"我们也不是五十年一直这么好啦。经历了各种各样的事,一眨眼,五十年就这么过去啦……"

"那二位想过要分开吗?"我好奇地追问。

"想过想过,当然想过了,还想过好几次呢!即便是现在,我们谁也无法打包票将来会如何呢。"

怎么会?婚姻是这样的吗?

"所以,'永恒的爱',是很难实现的吗?"

我以为他们又会像刚刚一样,大呼小叫着"永恒的!""爱!"什么的。但这一次,二位老人并没笑话我。

"是啊,永恒的爱很难,却也很简单。并不是决定了爱一个人才会付出,爱原本就是很自由的东西。"

老奶奶说着,将脸转向长颈鹿。一只体型稍大的长颈鹿正将自己的头和脖颈靠在另一只长颈鹿身上。

"也许正因如此，人们才要特意在婚礼上许下关于爱的誓言。"

动物们却不会特意许诺。两只长颈鹿亲昵地轻轻碰着头，开始理彼此的鬃毛。

"理沙！"

突然听到有人在喊我的名字，循声望去，不知何时裕幸已站在了我的身后。

"对不起啊，刚刚看到好多没见过的动物，只顾着往前走，把你给弄丢了……那边有鸭嘴兽呢。鸭嘴兽好像比较怕人，很少出现，我好像运气不错，碰见了鸭嘴兽游泳。理沙等会儿也跟我去看看吧！"

裕幸面色潮红，手舞足蹈地跟我讲着。虽然被丢下的时候我很孤单，但看到他灿烂的笑容，我还是选择了原谅。

老奶奶对裕幸笑了笑道：

"第三天当丈夫的那位先生吧，你好呀。"

尽管是冷不丁地被搭话，裕幸还是毫不迟疑地回应道："您好。"他的这一点我一直很佩服。

"刚才等你的时候，我跟老两口聊了会儿天。"

裕幸听我这样一说，立刻对两位老人鞠了个躬："非常感谢二位。"他的目光在两位老人身上交替了一下，接着开朗地说：

"您二位实在是太像了，我还以为是双胞胎呢！"

我有些担心对初次见面的人说这些话会不会不太礼貌，老爷爷却大笑着回答："嗯，我们经常被别人这么说呢。"我悬着的心终于放下了。

裕幸亲昵地问道：

"两个人在一起生活久了，果然就会越来越像吧。还是说，二位刚认识的时候就长得很像呢？"

老爷爷慢悠悠地回答：

"怎么形容好呢……会慢慢变得相似，或者说，两个人会越来越一致吧。"

"这样啊……比如喜好、口味之类的？"

"不是那些……是我们慢慢变得你中有我、我中有你了。"

老爷爷仿佛讲到了非常深奥的东西，我兴奋地咽了咽口水。裕幸也很感兴趣地说："您说得很有哲学韵味呢。"

"咳，你们把这句话留到五十年后再体会吧。"

老爷爷笑呵呵地说。

"所谓的一致，是不是人们常说的'一心同体'呢？"

老奶奶见我不愿错过这个话题，将手覆在脸颊上：

"要到达那种境界，可能有点费劲儿。该怎么说好呢，听起来可能有点奇怪，但不知道从什么时候开始，我们已经相像到连自己都对我们没有血缘关系这件事感到震惊的地步了。"

裕幸插嘴道："确实就是像到了这个份儿上！"

老奶奶却摇了摇头："不是这样的，长得像不像其实无所谓。是有一天，我们会怀疑，两个没有血缘关系的人，会成为这样吗？家谱中不是有直系亲属、旁系亲属什么的吗？直到今天我都觉得不可思议。这样算的话，我和这个人，不就是毫无关系吗？这简直令人难以置信，我们没有任何血缘关系，却比世界上任何一个人都要亲。简直令人觉得，是身体出了差错。"

"啊，真是厉害呢，两个人会亲近到连基因都被搞糊涂的地步。"

裕幸放声大笑。我却感触颇深，完全笑不出来……

所谓的红绳，恐怕不仅仅是缠绕在两个人小拇指上的红线，而是彼此体内循环流动的血液。不是将事先准备好的红绳绑在彼此手上，而是两个人携手经历过无数的日常，血液从每一件小事中流过时引出的千千万万根红线逐渐纺成了一股绳。也许每个人穷其一生寻找的，都是这样特别的人。

我抬头端详着裕幸惹人怜爱的侧脸。五十年后，不知道这张脸会是什么样子。

但现在，我只希望五十年后仍然想和他一起生活。

那个让我许下心愿的人，此刻正站在我身边开心地笑着。

我想，没有什么比这一瞬间更重要的东西了。我相信，我们会一起度过未来五十年的时光。

裕幸和我相视而笑——我感受到了血液的奔涌。不要紧，我有好好爱一个人的能力。这对我而言已经足够了。我心满意足地对自己点点头。我想，这就是幸福。

不需要命中注定，不需要永恒不灭，不需要山盟海誓。

第六章

半世纪的浪漫

[灰/悉尼]

早上好呀,今天也是阳光明媚的一天。你吃过早饭了吗?

在酒店的露天咖啡馆享用早餐,虽然心里有些毛毛躁躁,但偶尔奢侈一把也不错。坐在我对面的先生,正细嚼慢咽着培根煎蛋,吃得很香。他就是我的丈夫,进一郎。

喏,你愿意听我说说吗?我和他结婚已整整五十年了。

昨天在塔龙加动物园,我们遇到了一对新婚的夫妻。那位妻子跟我们说:"结婚五十年还这么恩爱,您二位真是被命运的红绳相牵的有缘人啊。"我再一次深深感慨,同时也很震惊:是啊,不知不觉已过去了五十年。细细想来,我们的蜜月旅行只是去热海[1]住了一晚。以前,进一郎的工作一直很忙,所以这

---

1 位于日本静冈县东部,与神奈川县接壤的小城市。以温泉而出名,也是东京圈重要的观光都市。

次是我们结婚后的第一次国外旅行。这趟悉尼之旅,还是女儿送给我们的礼物,作为金婚的纪念。没错,没有比这更幸福的事啦。

我们只生了一个女儿,取名"ヒロコ",汉字写为"寻子"。孩子上幼儿园的时候,横着写她的名字时把"ロ"写小了,看起来好像"ピコ"。从那以后,大家都叫她小皮[1]。是不是很可爱?像小鸟的名字一样。所以我也叫她小皮。

其实我还想多生几个孩子,但是负责我们家的送子仙鹤好像迷路了许多年,我们几乎快要放弃时,才终于敲开了我家的门。和小皮相遇的那一年,我三十六岁。而如今,小皮也三十六岁了,和我当年一样大,时间的流逝总是让人感到不可思议。如果我能穿越时空,回到三十六岁和现在的小皮相遇,我们会说些什么呢?说不定我们还能成为好朋友。我不止一次觉得,每当她长大一些,我就更喜欢她一点。不只是因为她是我的女儿,我喜欢的是她这个人。

小皮说,她一直想送给我们一趟海外旅行作为金婚纪念日的贺礼,为此默默地攒了十年的钱。这是不是很感人?两年前,

---

[1] "ヒロコ"读音为"hiroko","ピコ"读音为"piko",此处音译为"小皮"。

她的发小在悉尼举办结婚典礼，小皮受邀参加。当时，她还在服装制造厂上班，好像正是她开始萌生辞职创业的念头的时候。现在，她创立了自己的女式内衣店。我女儿真是厉害，我为她感到无比骄傲。

小皮的店开在一条河边。过桥不远的地方有一家叫作"云纹咖啡馆"的小店，非常精致。店里有一名可爱的男孩子在当服务员，大家叫他"渡君"。我有时会天马行空地想：如果有一个儿子的话，也许就会像他一样吧。我们常在店里闲聊，渐渐熟悉了起来。

最近，我去云纹咖啡馆时，他问我："您知道什么是秋天的樱花吗？"他大概是知道我喜欢摆弄花草，所以觉得我肯定对植物有不少了解吧。"秋天的樱花，是不是波斯菊啊？在日语里写作'秋樱'。"渡君听完我的回答，嘴里说着明白了，脸上还是写满了困惑。他说，前几天改造了摆在店里的圣诞树，客人们可以把愿望写在七夕的小彩条[1]上，挂到圣诞树上。其中有位客人只写了"秋樱"两个字。我看着他说话的神情，就知道那位客人一定是他的意中人。

你知道答案吗？秋天的樱花到底是什么呢？真是令人挠头的谜题……

---

[1] 公历七月七日为日本的七夕，有将彩纸裁成小方条，写下心愿挂在竹子上祈福的习俗。

"这是什么？巧克力？"

进一郎铲了一勺深棕色的果酱，涂抹在面包上。我在一旁默默地看着。果酱旁边摆着一只黄色包装的罐子，上面印着一些我看不懂的英文。

进一郎吃了一大口面包，然后脸上露出了困惑的笑容。没错，我正等着看他这副表情呢。嘿嘿，刚才我也栽在这罐果酱上了。本以为它是甜的，尝在嘴里却是咸咸的怪味，我实在受不了这个味道。不过，俗话说得好，贵在尝试。所以我特意没告诉进一郎，想让他也不设防地尝一尝。

尽管我尝了一口便宣告放弃，进一郎却勇敢地尝了第二口、第三口，像是已经克服了最初的困难。

"刚开始没想到是这样的味道，被吓了一跳。吃习惯之后，这味道还蛮有意思的。"

正所谓心无所惧，所向无敌。不愧是进一郎。他还掏出手账本，将印在黄色瓶身上红底白字的英文字母抄了下来——VEGEMITE。

"VE……GE……MITE？"

进一郎歪斜着脑袋看那英文。我突然想起来了——小皮跟我们说过，这边有一种看着像巧克力酱的东西，实际上是咸味浓郁的健康食品。名字好像叫"维吉麦"[1]。看起来像是甜的，其实很咸，这不就像是人生吗？

我啊，只要看着进一郎吃饭，就会感到无比安心。因为进一郎对每种食物都格外珍惜。无论日子过得多么糟心，吃饭的时候都会面带微笑，用心品尝。每天怀着感恩的心情吃着东西，再多的烦心事也总会想到解决方法。想到这些，我就能以精神饱满的状态迎接明日的到来。

结婚至今，我们已经不知这样一起吃过多少次饭了。未来也不知还能一起吃多少次饭。

我们的婚姻姑且算是自由恋爱的结果。我在进一郎工作的土木工程事务所做会计。那家公司，大概只有十二名员工。我是万叶丛中的一点红，所以很受大家的欢迎和追捧。虽说我的职位是会计，但除了本职工作，其他的杂活也要做。端茶倒水自不必说，打扫、跑腿也是常事，有时候还要做一大堆饭团。就像学校运动部里的经理人。这样说，你就明白了吧？现在回想起来，那一段日子就是我的"青春岁月"。

---

1 深棕色的食物酱，由酿酒业的副产品酵母抽提物加工制成，味道极咸，微苦，营养丰富。

进一郎工作极为认真。他身材矮小,又没什么主见,在公司里丝毫不引人注意。即使付出心血做出来的成果被别人抢走,他也只会在一旁安安静静地微笑。我看着这样的进一郎,心里很是焦急。我曾经带着几分怒气问过他:"你为什么不多表现一下自己呢?"进一郎慢悠悠地回答:"以我一个人的力量本来也完成不了,说到底,大家都是为了公司的利益,谁做都是一样的。"年轻的我想:这男人今后可没法出人头地。当时的我,喜欢强势的男人。公司里体格最健壮、声音最洪亮、最有领导气质的是阳介。我和他交往了一段时间,曾一度以为自己会和他永远在一起。

但事务所的老板很欣赏阳介,撮合他和自己的千金结了婚。于是就像庸俗的肥皂剧一般,我被阳介毫不犹豫地抛弃了。

我终日以泪洗面,明明自己没有什么过错,工作也难以为继。我正准备辞职时,进一郎突然对我说:"请和我结婚吧。"

不是"请和我交往",而是"请和我结婚吧"!我以为他是可怜我才这样做,于是就说了刻薄的话:"和你这样不起眼的人在一起一点意思也没有,我喜欢的是潇洒的男人。"那时,我的心是晦暗的,所以想用恶毒的言语伤害温柔的进一郎。但进一郎丝毫没有受到伤害的样子,而且一改平常那客气的态度,坦

然地笑着对我说:

"我会变得潇洒的,我向你保证。我现在虽然有点土,但是上了年纪,一定会成为风度翩翩的男人。"

我愣住了,呆呆地望着进一郎的笑容,想象着他年老以后的样子。令我吃惊的是,我竟然能轻易地想象出他年老的模样。啊,这个人以后确实会变成一个风度翩翩的老头。和他在一起,我绝不会变得不幸——这份感受轻而易举地超越了想象的范畴,成了确信。

就这样,我从公司辞职,嫁给了进一郎。十年后,土木工程事务所的老板病倒了,继承他衣钵的人却不是阳介,而是进一郎。阳介和老板女儿的婚姻并不如意。婚后不到三年,他便沉迷于赌博和女色,两人离了婚,阳介也离开了公司。那以后,无人知晓他的下落。听说老板的女儿后来再婚了,对方与公司毫无关系,据说两人是自由恋爱。

老板亡故以后,进一郎尽全力寻找阳介,终于找到他的时候,阳介正靠单日结算的临时工作勉强糊口。进一郎诚恳地邀请阳介回去,和他一起振兴公司。那时候,就算不请阳介回来,公司的发展也足够顺利,进一郎却一直牵挂着他。但是,从进一郎说出"雇用你"之类的话,阳介的自尊心一定碎了一地。

阳介有他自己的考虑，一定也清楚当时的状况。最后，阳介低下了头，答应了进一郎的邀请。我觉得，进一郎和阳介都很了不起。

阳介的回归给公司注入了更多活力，发展了很多业务。而进一郎依旧没有一丝改变，永远谦和、踏实、正直、诚实，永远面带微笑，从不谄媚权贵，也从不在新员工面前耍威风。

我想，适当的谦逊才是真正的自信，而真正的温柔，也意味着真正的强大。

好像是五年前吧，有一次，我突然发现，哎呀，进一郎的头发已经这么白了……准确来说，那不是白色，而是优雅的银灰色。

"请帮我续一杯咖啡。"

吃完早餐的进一郎对服务员说。服务员里有日本人，他似乎觉得很踏实。

"好的。"年轻的女服务员黑色的长发扎在脑后，爽朗地回答。她手腕上的嫩绿色手镯很适合她。我和进一郎初次相遇的时候，可能也是这般年纪。看着她，不禁让我想起年轻时的自己,向进一郎递出茶杯,说着:"请喝茶。"

"进一郎,你可真的没撒谎呢。"

听到我这句话,进一郎愣了一下,眨了眨眼睛,"扑哧"一声笑了。
"你在说什么呢?"

一不小心就说了好多。一边吃饭一边听我絮叨,真是抱歉。你也饿了吧,吃个面包吧?

我正要把一角面包递出去时,刚刚那位女服务员走了过来。她单手拿着咖啡壶,告诉我:"那只小鸟是吸蜜鹦鹉。羽毛的颜色很漂亮吧?"

你的脸是蓝色的,胸部的羽毛是橘色的,翅膀是绿色的。脖子上有一圈围巾似的黄色。真是漂亮。你说你呀,怎么生得这么五颜六色的呀?

这时,进一郎突然对我说:
"美佐子,好漂亮啊!"

哎呀，好讨厌。但无论多大岁数，突然间听到这么一句话，我心中还是会奏起阵阵的弦音。进一郎已经有十多年没对我说过类似的话了，不对，就连刚结婚那会儿，好像也不曾对我说过。我又欢喜又害羞地轻轻咬着下唇抬起头，却发现进一郎在看那只鹦鹉。

嗯？漂亮指的是我，还是小鹦鹉？

唉，算了吧。我看看五彩斑斓的小鹦鹉，再看看和平常一样面带温和笑容的进一郎，嘴上什么也没说，却在心里暗暗地想：风度翩翩的小老头进一郎，可比我美多了！

第七章

倒计时

[绿/悉尼]

如果有人问我为什么要来澳大利亚，我的答案可能会令各位感到十分费解——我是来描绘绿色的。

"唔，这样啊……"有的人听了我的回答就讪讪地结束了谈话，也有人执着地追问我确切的理由和目的。

"绿色是指植物吗？"也有不少人会这样问。每当我慎重地纠正道："不，就是绿色。"对方便歪着脑袋，大为不解："哎？颜色要怎么描绘？"

尽管确实不太容易被大家理解，但是，我爱的是绿色本身。

不过少数情况下，还是有人能轻松淡然地接受我的回答。不久前，我在打工的酒店餐厅邂逅了一位老妇人，我告诉她："我是为了画绿色才来到这里的。"她爽快地回答："原来您是画家呀。"哪有这回事,我才算不上是画家,仅仅是喜欢画画罢了——老妇人见我否认,仍然笑着说:"不,喜欢画画的人就是画家。跟一幅画能卖多少钱无关。"

这位老妇人和她的爱人看上去恩爱有加。闲聊时得知,女儿为了帮他们庆祝结婚五十周年纪念,特意送二老来到悉尼旅行,作为庆祝的贺礼。我原本并不觉得自己算得上是画家,但是被人生阅历丰富的老妇人说过后,我也渐渐接受了这个设定。

今天是旧岁的最后一天了,天朗气清。

悉尼当地有一份面向日本人的免费报纸,名叫CANVAS。我接受过他们官网名为《打工度假经验分享》的主题采访。平时我不太看生活信息类的报刊,但从那次采访后,这份报纸我便期期不落地阅读。

我特别爱看一位叫"马可"的人连载的专栏。专栏的内容主要是日本和澳大利亚的文化差异,还有英语口语干货。这个月的主题是辞旧迎新。

在悉尼,听说倒计时结束的瞬间,悉尼港大桥上会点燃盛大的烟火秀。数以万计的烟花爆竹霎时填满夜空,倒映在明镜一般的悉尼港湾中,把周遭点亮。文章还写道,每到这时,海湾上随处可见热情接吻的男男女女。

这一切原本与我无关。我打算跨年当夜哪儿也不去，就宅在家里。我没有想要热情拥吻的人，也不愿意被陌生人亲吻。

我拿着素描本和颜料等画具出门，准备一如往常地参观皇家植物园。这座名叫皇家植物园的公园，人们通常叫它植物园。公园占地面积辽阔，想要认认真真逛完一圈，至少要花上半天的时间。这里树木葳蕤，花叶扶疏，尽态极妍，不时可见蝙蝠倒挂在树枝上。还配有通到园区的红色的观光电车。想不到喧闹的商业区中竟也有如此亲近自然的场所。

去公园的路上，我在一家常去的三明治专卖店"Take away"了一份鸡肉三明治和柠檬汁。在学校里学的"打包带走"的英语是美式的"Take out"，但在同样用英语作为官方语言的澳大利亚，人们通常说"Take away"。系着亮橙色围裙的大叔对我竖起大拇指，用带有浓厚澳大利亚口音的英语说："Good day！"

要想不输给仲夏的阳光，帽子和太阳镜必不可少。不过，当我靠在大树遒劲的树根上，摘下这两样东西的时候，无比幸福的时刻就开始了。

我喝了一口柠檬汁，站在大太阳底下，整个人都被太阳烤焦了，但一走到树荫里，凉爽的感觉就像事先准备好了似的，立刻裹住了我。悉尼港湾的那一片清爽的海蓝色浸润着我的双眼，我心满意足地摊开素描本，将软管颜料挤在纸制调色板上——黄色和蓝色，凭着感觉调出绿色，抹匀，下笔。我玩味着笔上传来的触感，嗅着公园的空气，混杂着树木、枝叶、画具的清香，看着自己的世界渐渐被染成绿色——啊，这就是幸福。

"……的吧？"

好像有人在跟我搭话，我猛地回过神来。不知何时，一个身材清瘦、留有一头干爽松散的棕发的男青年，正在我旁边，弯下腰，探着身子盯着我的脸。

"哎？"

"这个是你掉的吧？"

他递出一块手帕，"扑哧"一声笑了。我的防备之心稍稍放松了下来。

"不好意思，是我掉的。"

我赶忙站起来，接过自己的手帕。刚才我一边走一边擦汗，之后将用完的手帕塞进背包的侧兜里，大概是不小心掉出来了。

"非常感谢。"

我道谢后,他笑眯眯地露出一口整齐的牙齿,轻轻点了点头。

……绿色的?

我疑心是自己看错了。因为我既不能通灵,也没有相关的知识和经验。但我似乎看到了所谓的"气场",他穿着白色的衬衫,身体却幽幽地散发出柔和的绿光。他见我吃惊地盯着他出神,视线落在我的素描本上:"你是画家吧?"我下意识地想否认,不知为何却回答道:"是的。"可能是受了酒店遇到的那位老妇人的影响……

"果然,让我看看你的画吧。"
他像个天真无邪的孩子似的蹲到我面前,拿起我的画稿,饶有兴致地欣赏着我那幅颜料还没干透的满是绿色的画作。尽管我充满了疑惑,但还是很有成就感。我也静静地坐在一旁,定睛注视着他与绿色。

"你画画的时候没有直接用绿色的颜料呢。"
他说话时,视线没有从画稿上移开,想来是注意到了我的调色板吧。

"嗯，因为我的绿色就是这样。"

以黄色和蓝色为主，再一点点加入许多其他的颜色调和。

我忘记是从什么时候开始迷恋绿色了。从有记忆的幼儿园时期就是如此，这份爱或许是与生俱来的吧。一直以来，我深陷于对绿色的痴迷之中。用"喜欢"这样简单的情绪已经无法形容我的心情了。绿色是我的朋友、我的守护神、我的回忆、我的未来。绿色为我注入了生机与活力，温柔地鼓励我振作起来。即使和同学们关系生疏，但只要有绿色，我就不会觉得孤独。就像热爱小猫小狗、音乐或书本的人对它们的感情一样，绿色之于我，也是如此宝贵的存在。

因此，我总是尽可能地让周围环绕着绿色。

在酒店打工的时候，我会戴着明亮的鲜绿色手镯来保持活力。睡觉的时候，为了让身体和内心都平静下来，我会选择深绿色的枕头。平时用的手帕，我也要选择能够融入任何场合的嫩绿色。

生活杂物、文具、家具，挑选每一样物品的时候，我首先考虑的就是绿色。但也不是只要是绿色的就行，也有不少东西是我不怎么喜欢的，虽说大体看得过去，但还是差了那么点意思。所以我开始寻找并打造属于"我的绿色"。

上短期大学二年级的时候，我住在京都，当地一家小画廊办了一个免费的画展。展出的不是什么名人大家的作品，而是画廊老板收集的一些他个人十分欣赏的画。

我走进画廊里参观，在一幅丙烯画前停了下来。

那是一幅描绘了种类繁多的植物的作品。画作饱含雄壮的生命力和呼之欲出的虚幻与悲伤。翩然起舞的树林，纵声高歌的叶子，绿色的画卷深深吸引着我。

"这幅画的灵感来源于悉尼的植物园。是我的朋友画的。"

我循声回头，身后站着一位低调的大叔，好像是画廊的老板。他的身材矮小，额头中间有一颗很大的黑痣。

我又转过身看那幅画。画中的绿色仿佛在对我说：

"欢迎你来悉尼。这个地方一直在等着你。"

"喜欢的话就去看看。"

黑痣老板从衬衫的前胸口袋里抽出一张名片，名片背面写着植物园的名字："Royal Botanic Gardens（皇家植物园）"。我依旧闷头不接话，脸上喜悦的表情却是一览无余。名片正面只写着"MASTER"的字样，电话号码和邮件地址等信息统统没有。

仅凭一幅画就彻底改变了一个人的生活，我认为这种事有可能发生。

我就是被这幅画召唤到悉尼的。

后来,我靠打工攒了一些钱,短期大学刚刚毕业就以打工度假的形式来到了悉尼。

当我如愿以偿地进入皇家植物园时,似乎听到了一个声音:"我们已恭候您多时了。"这里到处都是"我的绿色"。我有一种被绿色迎进门的错觉。长久以来,我一直深爱着绿色,但在那时,我第一次有了自己也被绿色深爱着的真切感受。因此,对我来说,在这座花园里摊开画纸,就像是我与绿色进行了一场浪漫的约会。这些都是我无法与人言说的情愫……

约会。当我下意识想到这个词的时候,脑海里立马浮现出一个男孩温柔的笑脸,男孩看上去二十五六岁,可能更年轻一些,也可能更年长一些。

"我还想看看其他的画,可以吗?"

他省去了敬语。在此之前,我没让任何人看过我的素描本。但如果是他的话,却没有什么不可以的。

尽管我说"好的,请便",他却没有一个人翻动我的画稿,而是把素描本还给了我。我们不是相对而坐,而是并排坐在一起，他优哉游哉地慢慢翻阅着我画出的绿色。

场所、季节、时间……映在我眼底的绿色、我想象中的绿色。彩色铅笔、彩色粉笔、颜料。叶子的形状，圆的、四角的、几何形状的。涂得满满当当的绿色、用水晕得浓淡分明的绿色、点描的绿色。我的绿色。我和绿色。

"You？是你的名字吗？"

他指着画作一角的签名问我。

"嗯。"

我的名字是优，用日语汉字来写的话，笔画繁多，很难写得好看。因此我喜欢用手写体的英文字母"You"小小地签上自己的署名。

"就像在说英文'你'的意思呢，很巧妙的签名。有没有人说过想买你的作品？"

"哪有这样的事。我从来没在任何地方展出过这些画，我画画只不过是愉悦自己罢了……"

刚才还说自己是个画家来着——我不禁有些难为情。

我们坐得很近，他的脸几乎要碰到我的脸，我无法转头与他对视，只好一直保持低头的姿势。他好像笑了起来。

"你不问我为什么吗？"

"嗯？关于什么？"

"问我为什么要画这么多绿色,而且只画绿色……"

"这需要什么理由吗?"

他换了个姿势坐好,微微倾斜了身子。不是什么大动作,但我明白,他是想换个方便说话的姿势。

"虽然你说你画的都是绿色,这绿色中却包含着很多其他的颜色。在我看来,哪一幅画的颜色都不一样,都是独一无二的佳作。我能感受到其中的欢愉和幸福,孤单和愤怒,慈爱和热情。希望你能一直这样创作下去。"

他的语调平和却坚定。

"我可以……继续这样下去吗?"

我被自己脱口而出的话吓了一跳。曾以为会永远关闭的心门,好像随着自己的声音意外地打开了。一直压在心底的话,就这样从口中滚落。

我可以这样一直把绿色画下去吗?

我妈妈总责问我,为什么不能像别的孩子一样,普普通通地生活?一门心思画那些落不到任何好处的绿色的画,收集所有的绿色物件,大家都因为我的怪癖而感到不适,怀疑我脑子不正常。小学五年级的时候,班主任建议我找心理医生做精神鉴定。从此以后,妈妈再也没有对我笑过。她撕掉许多我珍惜着的绿色画作,把它们丢进垃圾桶,我却不敢说出"住手"二字。被妈妈撕得粉碎后丢进垃圾桶的,仿佛是我自己。我只好让自己的心像一颗冰冷的石头,不哭也不闹,一味地逆来顺受。妈妈的话就是绝对的圣旨:"学学你那个爱学习的哥哥!你真是个废物!连个朋友也没有,老是画这种东西,这样的女儿我根本无法去爱!"

所以,我想短期大学毕业后就离开自己的家,尽量走得远远的。在那张描绘皇家植物园的画作的召唤下,在那片绿色的召唤下,我十分愉悦。也许这不过是我的一厢情愿,但"描绘绿色"成了我的救赎。可是,还有三个月我的签证就到期了,回国后我要怎么办呢?

…………

良久的沉默后,他深深叹了口气,轻轻摸了摸我的脑袋:"这真是一份悲伤的回忆呢……"

他哄小孩似的轻拍了两下我的头,然后摊手笼住我的脑袋。

"但即使发生了这些,你还是放不下画笔吧?还是无法做到不喜欢绿色吧?因为你是一个画家。"

他收起胳膊,径直握住了我的手。

"所以你要继续画下去呀,会有人被你的画拯救的。你画的是你自己,也是'You'。每个人都能在你的画里,找到适合自己灵魂的那一张。一定要让更多的人看到你的画!"

我哭了。哭得像个不会说话的婴儿。接着渐渐放开了嗓门号啕大哭,打破了那些长久以来自己假意迎合的无比沉重、僵硬的东西。其实我心里都明白,自己早就想这么做了。

如此一来,现在的我得到了真正的自由。

他再一次稍稍用力握住我的手,然后蜻蜓点水般轻吻了我的额头。

明明是个陌生人,我却一点也不讨厌他的动作,甚至觉得我们似乎相识已久。可是我多少还有些害羞,所以不敢看他的脸。

距离跨年的倒计时还有一段时间,我却提前得到了他祝福新年的吻。

他自然地松开了我的手,说了一句:"谢谢。"

谢谢你爱我。

我仿佛听到他这么说,是不是听错了呢?

我拿起他捡来还给我的手帕，擦干挂满泪珠的脸，心情终于豁然开朗。这时，我突然想起自己还没有问过他的名字，于是我笑着抬起头来。

但我身边空无一人，只有一阵清风，和满园摇曳的绿叶。

第八章

拉尔夫先生最好的日子

[橙/悉尼]

那家小小的三明治专卖店，开在悉尼皇家花园旁边。店头的房檐和招牌是亮橙色的，用白色的字体写着"Ralph's Kitchen（拉尔夫的厨房）"，"拉尔夫"是店主的名字。

拉尔夫先生每天早上都会系一条亮橙色的围裙，一边备餐一边哼着歌。火腿、生菜、西红柿和烟熏三文鱼，他将水煮蛋捣碎，再往鸡蛋碎里挤上足量的蛋黄酱和一丁点芥末。今天会有什么样的客人来呢？拉尔夫先生沐浴在晨曦中，欢欣雀跃地想象着。

拉尔夫先生马上就要四十岁了，他的面相恐怕要比实际年龄看起来更像大叔，微凸的小肚腩，所剩无几的头发，他还热衷于观看轻松的搞笑段子。接待客人的时候，一定会操着浓重的澳洲口音，眨着一只眼睛，大声地问候一句："Good day!"在澳大利亚，"Good day!"相当于"你好!"，带有"祝您有开心的一天"的美好祝愿。听到这句问候的人，一定会有被治愈般的好心情。也许是因为拉尔夫先生从心底珍惜与客人打交道的每一个短暂的瞬间，这份心意也会通过问候传达到客人们的心里吧。

拉尔夫先生还没有娶妻成家，也没有女朋友……但他有喜欢的人。他是个外向开朗的乐天派，面对自己喜欢的人却非常害羞，没能对那个女人表白自己的心意，后来两人不再见面，也就没有后续了。

擅长料理家务的拉尔夫先生即便一个人生活也没什么问题，他却在阳台上的花开了的那天突然感到寂寞，因为他想与人分享："你看！花开了！"却找不到一个可以听他说这句话的人。

"拉尔夫的厨房"是由拉尔夫先生的父亲经营的面包店改造而成的。拉尔夫先生从学校毕业后进入银行工作，三年前，他的父亲在市中心开了一家规模更大的面包店，拉尔夫先生便辞去工作，从父亲手里继承了这家店。

拉尔夫先生并不排斥清点资金和资金管理之类的工作，但是现在的他，跟客人们相处得像朋友一样，"今天的西红柿很有光泽，像个大美女！""天气越来越热了，给大家多准备些冰镇柠檬汁。""要不要重新设计一下餐巾纸的图案呢？"……不再与数字打交道，而是按照自己的感受去行动，这样的每一天都开心得不得了。这或许就是和自己"脾性相投"的工作吧？当然，在银行工作时积累的经验，尤其是在资金的预算和结算方面的经验对现在的事业有很大的帮助。

橙色是拉尔夫先生的主打色，也可以说是这家三明治店的主打色。这其中有一段不为人知的故事。

三年前，拉尔夫先生尚在银行工作的时候，喜欢上了住在公寓隔壁房间的邻居，一位叫辛蒂的女性。辛蒂美丽又聪明，比拉尔夫先生小十五岁左右。拉尔夫先生并不了解辛蒂是做什么的，只是当她打开玄关的大门时，抑或炎热的日子里两家都开着窗户时，辛蒂的房间中就会缓缓飘出一股柔和的香甜气味，闻到那股香气，拉尔夫先生就感到自己沉浸在平和的心境中，不由得轻轻闭上眼。那股芬芳格外迷人，他无从得知那是花香，还是水果香或香水——哪个都有点像，但哪个都不是。但是，即便拉尔夫先生有时会在公寓门口或路边遇到辛蒂，他也没有问过那香味的来源，只会说些无聊的笑话，尽力博辛蒂一笑。

那是冬日里的一个早晨,拉尔夫先生准备去上班的时候,看到辛蒂正在公寓门口绑鞋带。

"早上好,拉尔夫。"

辛蒂坐在地上仰起笑脸,笑得像莲花一样清新脱俗。拉尔夫先生激动得心脏咚咚直跳,好不容易才说出一句话:"辛蒂小姐今天出门很早啊。"

"是啊,为了等公交车嘛。拉尔夫要往车站那边走吗?"

辛蒂站起身,很自然地和拉尔夫先生一起往前走。拉尔夫先生一开始本想说些有意思的话,却越来越紧张,只好一言不发地低头往前走。为了缓解尴尬的气氛,辛蒂欢快地说:

"我们来做心理测试吧!你喜欢什么颜色?"

被辛蒂突然这么一问,拉尔夫先生有些不明所以。但飘进鼻腔的甜蜜馨香逗得他的鼻子痒痒的,他像被勾住了魂儿似的回答:"橙色。"

"为什么?"

辛蒂歪着小脑袋的模样可爱至极,拉尔夫先生忍不住笑着继续说道:

"因为那是让人心情愉悦的颜色。橙色不像红色那样个性十足,也不像黄色那样标新立异。橙色总是开朗地笑迎所有人,让人充满了活力、心情愉快。"

辛蒂眨了眨眼睛,若有所思地微笑着说:"嗯,确实如此。"辛蒂接着说:"这个问题,其实是测试你想成为什么样的人。与其说是选择某种颜色,不如说是根据你喜欢它的理由来体现你内心深处的渴望。喏,拉尔夫先生,刚才你说的橙色,不光是你想成为的样子,更像是你本人的性格。"

辛蒂有些得意地说。拉尔夫先生思考着该如何回应,但搜肠刮肚也没找到合适的话。正在他急得满头大汗时,公交车驶进了车站。

辛蒂排队准备上车,拉尔夫先生有些意犹未尽地默默地站在她旁边,公交车很快就停稳了。"必须要说点什么,不能再冷场了。"拉尔夫先生心想。但开口的是辛蒂,她小声却干脆地对拉尔夫先生说:

"就以橙色为记号吧。"

嗯?记号?这是什么意思?

"再见了,橙子[1]先生!"

不等拉尔夫先生回应,辛蒂便跳上公交车走了,两人之后

---

1 日语中,"オレンジ"有橙子和橙色两种意思。

再也没有了交谈的机会。第二个星期,拉尔夫先生从其他邻居那里听说,辛蒂已经搬离了这座公寓。

在那之后不到半年,拉尔夫先生开始经营三明治专卖店。与此同时,他居住的公寓被通知即将拆除。毕竟是栋老建筑了,被拆除也是没有办法的事。

收到通知的时候,拉尔夫先生胸中涌出一丝落寞的情绪:"今后如果辛蒂回来了,不就找不到我了吗?"这座公寓是连接辛蒂和拉尔夫先生的唯一的地方。

拉尔夫先生追悔莫及。如果自己不那么腼腆,再多跟辛蒂说说话该有多好。如果能再见辛蒂一面,他一定会向辛蒂传达自己的心意。

但是很快,拉尔夫先生就微笑起来:"没关系!我还有办法!"他想起辛蒂说过,橙色是记号,于是灵机一动,决定以亮橙色做三明治专卖店的主色调。

事实证明,亮橙色的屋檐、招牌、围裙都是正确的选择。当地人对这家店的称呼不是"拉尔夫的厨房",而是"橙色的店"。拉尔夫先生也很喜欢这个称呼。拉尔夫先生的标签不是店名,而是橙色。对此他非常骄傲。有不少人冲着这抹亮橙色,饿着肚子来买三明治。一想到这点,拉尔夫先生的喜悦之情就从身体里喷薄而出,就像长出一双翅膀,在天空自由地翱翔。

"这一切都是辛蒂的功劳。"

这天结束营业后,打扫完店内卫生,拉尔夫先生又回忆起了辛蒂的模样。闭着眼坐在吧台的椅子上,想起辛蒂藤蔓一样的长发,白皙水嫩的肌肤,拉尔夫先生的脸上不自觉地露出舒展的笑容。

拉尔夫闭着眼睛深呼吸,甚至觉得自己闻到了那股令人怀念的甜甜的香味。

"找到了!"

今天居然出现了幻听,拉尔夫先生自嘲地笑了笑,慢慢睁开了眼睛。

拉尔夫先生面前,站着比三年前成熟了几分的辛蒂。就像打开八音盒时,"嗖"的一下从里面跳出来的娃娃。

"好久不见呀,拉尔夫。"
"辛蒂?真的是你吗?这一切好像假的一样。"
"是我。我一直在英国,昨天刚回到悉尼。"

拉尔夫先生有一肚子的话想说,他从中挑选了第二想问辛蒂的问题。

"辛迪,你喜欢什么颜色?"

像是早就知道拉尔夫先生会这样问一样,辛蒂不假思索地给出了答案:"湖蓝色。"

"为什么?"

"因为它很神秘呀。就像有魔力一样。比如你会在橙色里等我,微笑着迎接我……"

啊啊……湖蓝色。这个颜色很好,很适合辛蒂。拉尔夫先生点点头。辛蒂缓缓走到他面前,恶作剧似的抓住了他橙色围裙的下摆。

"我的魔法真的奏效了吗?"

拉尔夫先生情不自禁地一把将辛蒂搂入怀中,用他宽大的臂膀紧紧地裹住辛蒂——在他害羞之前。

"效果显著,好得不能再好了。"

辛蒂微微仰起脸,露出得意的笑容,仿佛刚刚赢得一枚冠军的奖牌,然后把头深深地埋进拉尔夫先生的怀里。

辛蒂身上的香气似乎糅进了拉尔夫先生的身体里。他不知道自己此刻是哭还是笑,只得再一次紧紧地把辛蒂往怀里抱紧。

"请别解除那个魔法,永远都不要解除。"

夕阳西下,落日熔金。你好,拉尔夫先生。橙色的光线温柔地笼罩在拉尔夫先生和辛蒂的周围,像是在向他们施以美好的祝愿。而拉尔夫先生还需要一些时间才会发现这一点。

第九章

魔女归来

[蓝绿/悉尼]

我从小就想成为一名魔女。从我还在悉尼的皇家花园幼儿园学习英文字母的时候，就一直在想如何才能实现这个心愿了。尽管我并不知道如何成为魔女，也没有人告诉我答案，但我始终坚信，以后自己一定能够成为魔女。

无论是骑着扫帚在空中飞翔，还是挥动拐杖自由自在地操纵东西，我相信那都是能在反复训练后掌握的技能。我尤其热衷于制作"魔药"，在黑暗的小房间里研磨野花和浆果，按照自己独特的方式将它们混合，期待着魔药发挥意想不到的效果。运动会的前一天，我喝下得意之作"健步如飞药"，结果闹了肚子，被妈妈狠狠地臭骂了一顿。我躺在床上，对妈妈说："都是我不好……"妈妈拍了拍我的脸说："你知道就好。"她一定认为我说那句话的意思是"今后再也不那样干了"吧。

但实际上我一边揉肚子一边想:"都怪我没把药调好,下次我一定会改进配方的!"

我的魔女生涯的第一个引路人,格蕾斯老师。上小学时的一次户外授课校方安排我们去远足。格蕾斯老师在某所大学研究植物学,作为特别讲师参加了这次远足活动。一路上,格蕾斯老师边走边告诉我们花的名字和哪些果实能吃。沿途有位同学不小心被石头绊倒擦破了膝盖的时候,格蕾斯老师突然不见了踪影,半晌后摘了一些叶子回来,轻轻地揉碎叶片,把它们敷在那位同学的伤口上,口中念道:"CHI CHIN PUI PUI"。大家被她有趣的发音逗得哈哈大笑,受伤的同学也破涕为笑。我当时就想——

这一定就是魔法。原来格蕾斯老师是魔女。

我也跟着大家笑个不停,但我的笑容背后还有其他含义。直到远足结束,我一直在观察格蕾斯老师。就连在铺开野餐垫的时候也痴痴地笑着,身边的朋友都觉得毛骨悚然。

格蕾斯老师身姿挺拔,随意地束着头发,发间隐约可见耳垂上嵌着的两颗用漂亮的石头做成的耳钉。远足结束后,我凑到格蕾斯老师的身边,悄悄地对她说:

"老师,我有问题想请教您。"

"好呀。是什么问题呢,辛蒂?"

我很吃惊。我只在最开始向老师自我介绍的时候提过一次自己的名字,格蕾斯老师竟然记得这么清楚。

"刚才那片叶子是怎么回事?"

老师眨了眨眼,微笑着回答:

"那是魔法草药,可以让受伤的人恢复健康。"

果然不出我所料!

我开心极了,一股脑儿地向她发问:

"您之前说的那一串有意思的话是什么?"

"你是说那个'CHI CHIN PUI PUI'吗?那是我的日本朋友告诉我的,是能让世界变得更美好的咒语。是不是听起来就很可爱呢?"

"是的,特别可爱!"

我深吸一口气,下定了决心向她确认:

"老师,您是魔女吗?"

老师看了我一会儿,然后飞快地将食指贴在嘴唇上,微笑着说:

"别告诉其他人哦。"

我高兴得手舞足蹈,可在那之后就再也没有见过格蕾斯老师了。后来带户外授课和夏令营的老师都不是她。我还想让她多教我一些魔法,却没能询问到格蕾斯老师的联系方式。对此,我懊恼不已。

后来我找了本手边的植物图鉴看,认识了很多杀菌止血的植物。不仅如此,我还发现植物可以在许多方面帮助人们。植物是有魔法的。我欣喜若狂,如饥似渴地读着植物学相关的书,还疯狂地跑去了植物园。

我还惊喜地发现,格蕾斯老师耳朵上戴的美丽石头是绿松石。一次我在一家古董商店的橱窗里发现了那种石头做的项链。我隔着玻璃窗,反复念着标签上的文字"Turquoise(绿松石)",查资料得知这是一种神秘的石头,自古以来被当作魔法道具、施法宝物,是深受人类喜爱的护身之石,也是能与精灵沟通、与宇宙连接的灵石。从此我也爱上了绿松石,开始把它戴在身上。我这样做是为了成为魔女,绿松石的颜色就是我的代表色——我情不自禁地产生了这种想法。

上高中的时候,我和一个日本女孩成了同学。她作为交换留学生，只在悉尼待了一年。这个叫真琴的女孩看到我手腕上的绿松石手镯，对我说：

"好漂亮的颜色啊。这种颜色在日语中叫作'Mizuiro'。"

她在本子上用日语写下文字，告诉我"水"字的读音是"Mizu"，"Mizuiro"就是水蓝色。说起来，英语里也有"Aqua Blue"的说法。原来世上的人都在无色透明的水中，自然而然地发现了这种神秘的颜色。

"那'CHI CHIN PUI PUI'呢？你知道这句话的意思吗？"

真琴听我这么问，笑得花枝乱颤：

"可能每个日本人都知道它的意思。这是非常强大的魔法咒语。"

那也就是说，所有日本人都会使用魔法了？难怪格蕾斯老师会有日本的好朋友，我深以为然。

随着对植物认识的加深，我了解到了芳香疗法。就连专业教材上都记录着，中世纪的欧洲曾把熟练使用草药和香草的人视作魔女并驱逐她们。我就那段悲惨的历史展开了想象。魔女先辈们为了将魔法流传后世，甚至不惜遭受迫害。我立志学到正统的魔法，并将它传承下去。高中毕业的同时，我取得了从业资格证书，在一家香氛理疗院成为一名讲师。向和我一样充满求知欲望的学生们传授知识，告诉他们植物的魔力，于我而言是非常神圣而愉快的经历。

我在那家理疗院工作到第五年,在网上查找资料的时候,偶然得知格蕾斯老师在英国的一所芳香学校教书。这是三年前的事情了。线索只有老师的照片和名字,并且在那次远足分别后,岁月也在她的脸上留下了痕迹。但我知道,那一定是她。我给芳香学校发邮件询问关于格蕾斯老师的事,得到了她本人的回信,欢迎我去英国找她。于是,我辞去了理疗院的工作,决心前往英国。

但我唯一放不下的,是公寓的邻居拉尔夫。我爱上了他。

拉尔夫在银行供职,比我大十五岁,身材微胖,个头不高,发量稀薄。他好像为此感到自卑,我却觉得他非常可爱。他圆滚滚的身体里塞满了深厚的爱意,这爱意融化在他的笑容中,我仅仅看上一眼就能获得内心的平静。从外面能看到拉尔夫的阳台上总是摆着花花草草,他似乎总是精心养护着它们,把它们打理得欣欣向荣。即便是一个人吃晚饭,拉尔夫也会认真准备,他做饭时,总能闻到香喷喷的味道。遇上迷路的老奶奶,他会讲着无聊的笑话逗老奶奶开心,一路把她送到目的地。

我意识到自己不想让他被别人抢走,但并没有向他吐露这份心意,也没有告诉他我将离开悉尼的决定。毕竟,我也不知道自己何时能回来。

不过,我对他施了魔法。

即将动身去英国的时候,我研制已久的魔法药水终于大功告成。那是一款独制香氛,我添加了依兰花的精油,莲花的精粹,勿忘我的花瓣,还加入了我的长吁短叹,和满月时的月光……另外还加入了几味秘方。我将它们混合在特制的玫瑰精油纯露中,毫不吝啬地喷遍了自己的全身,然后埋伏在公寓楼下,等待去上班的拉尔夫,成功制造了一场"偶遇",并和他一起走到了公交车站。

"你喜欢什么颜色?"我一边若无其事地和他聊天,一边甩甩头发,把脸露出来侧向他,想要最大限度地发挥精油的功效。他说自己喜欢橙色,令我怦然心动,因为这真是再适合他不过的可爱回答。突然,我的眼前出现了他穿着橘色围裙,兴高采烈地做着三明治的场景,画面真实得就像电影的预告片。尽管这幅画面出现了两三秒就消失了,我却恍然大悟——"啊,虽然他现在是银行职员,但早晚有一天他会开一家三明治专卖店吧。"在此之前我从未有过预见未来的经验。不过我听说，只要真心实意地爱一个人，谁都能拥有类似的魔力。

回到悉尼后，就去找橙色的三明治店吧。

等着我，拉尔夫。

分别的时候，我称呼他为"橙子先生"，没有告诉他我预见的未来。上车时，我悄悄对他用了那句"CHI CHIN PUI PUI"的咒语。拉尔夫先生，你被我的魔法锁定了。

我在英国与格蕾斯老师重逢，在学校更加深入地学习了与香氛相关的课程。格蕾斯老师对我的印象很深，除了教课，她私下里还教了我很多其他知识。去医疗机构当志愿者、参加保护森林的活动时，我在格蕾斯老师的指导和帮助下，切身体会到了人和人、自然和生物是如何息息相关、互惠互益的。了解事物、思考问题、诚心祈愿、付诸行动，这些都是"格蕾斯式魔法"的必修课程。

我接过学校的结业证书时，格蕾斯老师微笑着对我说：

"你现在也是能独当一面的魔女啦，辛蒂。"

结束了在英国的进修后，我回到悉尼开始全新的生活。戴着绿松石，驱动香氛，念诵着"CHI CHIN PUI PUI"的魔法咒语，让世界变得更加光明。在我那如同太阳一般耀眼温暖、魅力四射的、系着橙色围裙的恋人身边。

第十章

如果没有遇见你

[黑/悉尼]

"目を白黒させる"[1]，写下这句日语，我不禁"啊"的一声叫了出来。

我正接受出版社的委托，翻译一本英国的绘本。主角是蓝色眼睛的西方人。作者应该是想表现主角吃惊的模样，但主角的眼睛明明是蓝色的，如果翻译成"黑白分明"，未免也太奇怪了吧。这样的话，"ワシの目の黒いうちはそんなことは許さん！"[2]这些句子也不适合拿来用了。"哈！"我的嘴角不自觉地上扬——向喜欢日语的格蕾斯取取经吧。

　　1　目を白黒させる：在日语中以惯用语的形式使用，有"大吃一惊"的意思。直译为"让眼睛变得黑白分明"。
　　2　ワシの目の黒いうちはそんなことは許さん：译为"只要我还活着，就不允许那种事发生"，其中"目の黒いうち"在日语中以惯用语的形式使用，有"趁……活着"的意思，该短语直译为"趁眼睛黑色的时候"。

在这颗唯一的星球中，虽然人类的皮肤颜色、高矮胖瘦各不相同，但是在生物学上的总体形态大抵是相同的。既然如此，为什么使用的语言却如此迥然不同呢？三十六岁的我仍觉得这件事极其不可思议。只要明白对方的语言，世间万事都可以更加畅通无阻。不过，我反而感谢神明特意给地球人的交流布下了小小的障碍，这样我的人生才能收获到翻译的乐趣，英语和日语一股脑儿地融入我的身体，再经过我的转化，飞往外面的世界。

我在十四岁时立志成为一名翻译家。

连东京的平民区都没有迈出去过的我，却格外喜爱海外的儿童文学。上学的时候，我一心只期待着英语课的到来。相较于在众人面前发言，且必须在瞬间对答如流的口译工作，我更想做只需要自己一个人对着文章慢慢遣词造句的笔译。

和格蕾斯的相遇，加速了梦想的实现。

初中时，我加入了英语爱好者俱乐部。一次，指导老师带来了一份招募笔友的名单，这是国际交流活动的一部分，名单上的都是国外姐妹学校的学生。我激动地看着名单，觉得和来自陌生国家、素未谋面的孩子通信，是一件很浪漫的事。名单上记有国家、姓名、年龄，以及其他的简要信息。我一个个地读着那些国家的名字：美国，加拿大，新加坡……

澳大利亚的格蕾斯，十四岁。读完她的自我介绍，我心里一阵激动。

"I can talk with flowers（我能和花朵聊天）。"

她的话真有意思，我身边没有这样的伙伴。

和格蕾斯多年的书信往来，给我的少女时代带来了丰富多彩的见闻与体验。格蕾斯真的能和花草树木交流。她能感知植物的需求，知道哪些植物想喝水、哪些植物想晒太阳。植物还会告诉她"明天会下雨"，也愿意和她聊许多生活上的话题。比如今天跟妈妈吵架了呀，有喜欢的男孩子了呀，开始和日本女孩（也就是我）书信往来了呀……格蕾斯时不时地和植物对话，然后写信告诉我植物们的回答。

我对此满心欢喜。格蕾斯能解读我完全不懂的植物的语言，并用自己的话写下来寄给我。这不就是翻译吗？每次读到来信的我都很开心，写信的格蕾斯一定更加开心吧。

格蕾斯和植物的关系直至她成年也丝毫未变。对于自己的"超能力"，她既不感到困扰也不恃才傲物，而是心怀感激，通过香氛及药草等疗法，用来自植物的恩惠为人们的生活提供帮助。

我和格蕾斯始终保持着通信，直到二十岁那年，才终于见到了彼此。那时，我趁着大学放暑假的机会去了悉尼，格蕾斯来机场接我。刚见面时，她一遍又一遍地称赞我："怎么会有这么漂亮的黑色眼瞳！"生活在悉尼的日本人其实并不少，但格蕾斯还是反复地夸我的黑眼睛好看。其实她的眼睛也很漂亮，是茶色的眼瞳，通透清澈。

"淳子眼睛的黑色和别人的不一样。你的眼睛里没有浑浊的东西，所以能清晰地映现出许多事与物。其他人注意不到的事物，你都能敏锐地察觉到。"

至今为止，我对自己的眼睛说不上喜欢也说不上讨厌。但经格蕾斯如此一说，我总觉得好像自己也拥有了特异功能，心中不由得涌起一股勇气。

从大学的英语专业毕业后，我在一家小型翻译公司任职。工作主要是翻译进口商品的说明书和机器的操作手册。可以称得上是一份体面的翻译工作，我也不禁对此感到自豪。

但思来想去，我还是想做文学翻译，想成为一名翻译家，出版自己的书。

成为翻译家的道路，充满了艰难险阻。只要看到文艺作品的翻译征稿活动，我就报名参加，但几乎每次都会落选。即使自己的译稿偶然被选为佳作，也不意味着我能就此成为一名翻译家。

失败了无数次，我依旧没有对那种痛苦习以为常。每一次参赛，我都抱着"这次一定能成功"的信念递交出稿件。但寄出去的纸稿最终都成了废纸。在网上发送出电子稿的时候，发完便像一切都不曾发生过一样，为此倾注的时间、劳动与思考都消失得无影无踪。每次阅读获奖者的翻译，我都连连叹息，不明白他们的翻译和我的究竟有什么不同。

即便如此，格蕾斯始终对我会成为翻译家这件事坚信不疑。

"我敢保证，淳子的梦想一定会实现的，淳子一定会成为一名出色的翻译家！"这话时常挂在格蕾斯的嘴边。她不知道这番话给了我多大的力量。我相信格蕾斯，觉得她说的话都会成真。所以，我也对自己的未来深信不疑。

为了和格蕾斯见面，我每年都会来一次悉尼，在悉尼认识了室内设计师马克。五年前，三十一岁的我在他的"威逼利诱"下与他闪婚了。我并不是被他的热情所打动，硬要说的话，让我倾心的是他大方豪爽的气质，认为一切都"No worries（不用担心）！"由于不想引人注目，我们没有举办婚礼。我就这样在悉尼定居下来。

起初我没能马上找到适合的工作，便终日泡在图书馆里。澳大利亚也有许多没被翻译成日语的好书，我贪婪地阅读着，在翻译冲动的驱使下，漫无目的地将它们转换为自己的语言，写在笔记本上。

刚到悉尼，我就和格蕾斯度过了一个让马克都会嫉妒的

"蜜月"，但很快，格蕾斯就飞往英国钻研芳香疗法去了。

当今这个时代，电子邮件能在眨眼间传递出人们的思念，我和格蕾斯几乎没再写过航空信了。互联网的发达让我们近得像是生活在同一个房间。

无论过去多少年，我们似乎都有说不完的话。每天，我仍怀着十四岁时等待信件投入邮箱般的心情，兴奋地打开自己的电子邮箱。

两年前，格蕾斯给我发电子邮件说："我梦见淳子穿着婚纱，身边环绕着各种各样的植物呢……"

"立刻在皇家植物园举办一场婚礼吧。不只是你，会有许多人因为这场婚礼打开新世界的大门。"

格蕾斯告诉我的这番话好像是植物的预言。但我很犹豫：不善交际的我来到悉尼以后，依旧没有交到什么朋友。不过仔细想想，如果是在日本举办婚礼，处理繁杂的人际关系说不定更加麻烦。我是独生女，让父母看到女儿身披嫁衣的样子算是一种尽孝，海外婚礼的话只邀请自家人也说得过去。于是我只邀请了父母、发小小皮和格蕾斯四人，在悉尼皇家植物园办了一场简单的婚礼。

这场简单的婚礼只有最亲密的人和证婚人出席，比预想中的要开心很多，但最令我感到开心的是格蕾斯的到来。那时梦想经营一家手工内衣店的小皮在听到格蕾斯说"蓝色是圣母玛利亚的代表色"后十分感动，发誓说以后一定要做一件玛利亚蓝的内衣。

马克邀请的客人基本都是开朗外向的澳大利亚人，只有一个看上去温和沉稳的日本男人。他有些年长，看起来五十出头，额头正中的黑痣格外引人注目。

马克看到他就像小狗一般跑过去，并向我介绍起他来。

"他是我很可靠的工作伙伴，我平时都叫他老板。"

"老板？"

"嗯。因为他在澳大利亚的研究生院获得了硕士学位[1]。"

马克这么一说，老板也呵呵地笑了：

"理由不只这些，总之我已经习惯大家这样叫我了。"

老板来往于日本和悉尼，似乎业务范围广泛。听说他和马克是在大厦和店铺等室内空间设计的工作中认识的。

"去年开张的那家很受欢迎的三明治专卖店，我记得淳子当时还说它挺不错的是吧？那也是我们一起完成的。"

那家店我有印象，店主是个开朗的大叔，现在独自经营着那家亮橙色的店铺。

"您是哪里人呢？"或许是为了照顾马克的感受，老板用流

---

1 英文中，"master"有"老板"和"硕士"等意思。

利的英语问我。

"我是东京人。"

"啊，东京。我现在也住在东京，但老家是在京都。我开了一间小画廊，不知能不能请马克帮我画一幅画。他的画如果只供自己赏玩，未免有些暴殄天物了。"

马克一个劲儿地点头：

"当然可以，那我就把今天的皇家植物园画下来吧！"

得知我的目标是成为一名翻译家后，老板没有多问我的相关履历，就给我介绍了日本的出版社。我开始承接一些简单的草案翻译，逐渐有编辑觉得我译得还不错，开始将正式的翻译工作委托给我。

有一次，我硬着头皮跟编辑开口，说自己想翻译一本书。事情的发展比我预想的顺利很多，上个月，我翻译的那本澳大利亚的儿童文学在日本出版了。马克说："怀才不遇了很长一段时间，现在一下子就打开局面了嘛。"其实并不是这样。之前那段时间不是怀才不遇，而是想要成为翻译家的人必须经过长时间的打磨和经验的积累。

书的封面上印着我的名字——我一遍遍地用手指抚摸着，把脸凑过去，嗅闻墨水的香气，紧紧抱住这本为我降临在这个世界上的书。

得知我的译作出版，格蕾斯比任何人都开心。她说："不过，我早就知道会有这么一天！"是啊，格蕾斯从十四岁开始就预言到这一天的到来了。

如果没有遇到格蕾斯，或许我永远也成不了翻译家，我也绝不会在悉尼拥有这样美好的生活。

三月的悉尼暑热渐退，秋高气爽。

在面朝悉尼湾的露天咖啡馆里，我取出电脑，给格蕾斯写邮件。这时，我突然感觉有人在看我，是邻桌的那个金发的年轻女孩。她手里拿着精美的信纸和信封，像是要给谁写信。我瞟到信的抬头写着——"Dearest Mako（我最亲爱的真琴）"。

目光相对时，我对她微微一笑，她缩了缩脖子，好像被吓到了：

"对不起。刚才一直盯着您看。您让我想起了一位生活在日本的朋友，所以……"

"你是在给那位朋友写信吗？"

"嗯，她以前曾在我家寄宿过。现在无论什么事都可以通过电子邮件解决，但是我们还是更喜欢写信。"

"我懂。真好呀，手写的信件。"

她点了点头，将目光转向海上，渡轮来来往往，对面是海港大桥。

"如果没遇见她的话,我或许都活不到现在。"

她的一头金发晃了晃。我惊讶地转头看着她,她微微地低下了头。

"我生了一场病。但那位朋友在危急的时刻救了我。"

"那位朋友是医生吗?"

"不是的……是前世就认识的旧友。"

前世?

看到我一脸目瞪口呆的样子,她莞尔一笑,把信件放进包里。

"谢谢你愿意听我讲这些话。"

"客气了,感谢你给我分享了一个有趣的故事。"

我鞠了一躬,金发女孩优雅地站起身,翩然离去。

如果有前世,我和格蕾斯大概也有很深的缘分吧。热爱英语的我,前世或许是以英语为母语的人;一直向往日本的格蕾斯,上辈子说不定是个日本人。我无法证明自己的这些推测,但对此深信不疑。

"让你久等了,淳子。"

马克来了。他刚好在这附近办事,所以我们约好在这家咖啡馆见面。

老板紧随其后。明天悉尼要举办一场大型艺术设计展,老板跟展方也有商业合作。今天晚些时候,有一场展会相关人员的展前庆祝派对,我也和他俩一起被邀请参加。

"我去点些喝的。"

马克撂下我和老板,去咖啡馆里点单。我站起来,向老板微微欠身,用日语问好:"好久不见。"

老板的笑容还是那么风轻云淡:

"我看过你翻译的书了,蛮不错的。"

"谢谢,这也多亏了您,把没有经验的我介绍给了出版社。"

老板挠了挠额头:

"我别的不行,看人的眼光倒是不错。"

我们坐在椅子上,眺望着大海。这个人仿佛深藏不露,神秘感十足。

"老板,您自己不画画吗?"

"不画呀。我的角色就是挖掘那些能力超群却被埋没的人才,让他们的才能被众人看到,发挥其应有的价值。我很喜欢这种感觉,就好像离梦想成真只差一小步。"

马克拿着两杯卡布奇诺回来了。我们三个愉快而轻松地交谈着,马克忽然想起一件事:

"对了,我在帕丁顿有一位客户,之前刚从他那边回来。"

帕丁顿是悉尼一条街道的名字。每周六都会在教堂的空地开办大型自由交易市集。

"我在市集上看到一幅画，不知为何，看到它就回忆起了自己的小时候，不知不觉眼泪就流了下来，看到它的那一瞬间，就决定必须要买下来。卖家是一位长发的日本女孩，说是在卖自己之前的画作。"

那是一幅淡绿色的画，几何图案和柔和的光影在画布上交错。画的右下角签有"You"的字样。

老板拿起那幅画，目不转睛地端详了一会儿，喃喃道：

"自由交易市集是……开到几点？"

"啊？我记得是五点。"

我看了眼手表，现在是三点，乘公交过去的话，也就十五分钟左右。老板从座位上站起来：

"不好意思，等会儿的派对你们先去吧。我无论如何也要把这孩子的画挖出来。"

他健步如飞地朝车站的方向走去。

我呆呆地目送着老板的背影离开。

脑海中浮现出"Master"这个单词的意思——

硕士、负责人、头儿、师父、经营者、大师、引导者、原始的。

之前，我一直不明白他为什么喜欢这个称呼，但现在，我似乎明白了。他愿意成为某个人、某件事的出发点，来激励、推动他们。这个世界上一定有许多动人的闪闪发光的人，是在遇到老板之后才大放异彩的吧？

但细细想来，或多或少我们都是别人的"老板"吧？不知不觉中，我们一定参与了某些人的人生，成为他们的生命中不可或缺的存在。

一阵猛烈的海风吹来，露天咖啡馆的遮阳伞左摇右晃。

一只宠物狗忽然扑到马克脚边嬉闹打滚。主人急忙收紧牵引绳：

"喂，杰克！抱歉，吓到你们了，怪我没拉住它。"

"没事没事。"马克笑着，轻轻地给小狗抚顺毛发。似乎总是这样，马克什么都没做，就有狗儿撒着欢跑来与他亲近。

"你可真招狗儿喜欢啊。"

马克点头："嗯。大概我前世是一只狗吧。"

看到他自信满满的表情，我吃惊地瞪大了眼睛。名副其实地做到了"让眼睛变得黑白分明"。

第十一章

三色旗的约定

[紫/悉尼]

住在日本的真琴寄来了一封航空信,信封里还放了一枚手工书签。用层压工艺做了一朵秀气的粉色压花,上面绑了一条白色和纸做的绳结。

我是在悉尼土生土长的澳大利亚人,但也熟知那朵花的名字,是真琴告诉我的。那是预示着日本春天即将到来的樱花,也是真琴最喜欢的花。

真琴还在悉尼的时候,一个舒适的十月休息日,我带她去了自己珍藏的秘密小路。道路两旁的蓝花楹树形成一道绵长的紫色拱廊。枝头飘落的花瓣铺满地面,道路也被染成了漂亮的蓝紫色。蓝花楹是澳大利亚春天的象征。

"我喜欢在这里看蓝花楹树。看到这一片紫色的美景,我就觉得，啊——春天来了。"

真琴听我这么一说，眼睛亮了起来，开始给我讲有关樱花的事。她告诉我，日本人看到樱花盛开就知道春天来了。在日本，樱花树像蓝花楹树一样，种在街道的两边。粉白色的樱花与浅紫色的蓝花楹树的花朵的色调相似。东京最好的赏樱时节是四月。

四月竟然会是春天，实在不可思议。对真琴来说，澳大利亚在十月迎来春天也是一件很稀罕的事吧。

"好想让玛丽也看看日本的樱花呢，我也有一块心爱的赏樱宝地。"真琴说。

我听了直点头："是啊，将来的某个四月，我会去东京看樱花的！"

我说这话完全不是客套话，就是聊天时自然地附和。真琴有一瞬惊讶地看向我，像是屏住了呼吸，但她的表情马上又舒展开来："你一定要来哦！"

十年前，还是高中生的真琴以交换留学生的身份来到澳大利亚，在我家寄宿了一年。

我至今都清楚地记得初见真琴时的感受，第一眼见到她，我心里便涌起一股情绪——

好熟悉，啊，好久不见。

仿佛有什么唤醒了我久远的记忆,或者说,另一个过去的我在晃动我的身体。我一定认识她,甚至还有关于她的回忆。不过当时,我还不知道这意味着什么。

我的心脏生来就比较脆弱。尽管不能上体育课,但除此以外,我还是可以像其他的孩子一样正常地生活。不过我从小就更愿意待在家,不愿出门玩耍。父母不希望我过分内向,于是开始接收希望来寄宿的孩子,为的是给我创造和同龄的女孩子接触的机会。

大部分日本人都会关切地对我说"不用勉强自己"之类的话,但脸上又挂着一副不知道该如何和我相处的为难神情。不论是和朋友们一起出门玩,还是短途旅行,她们都好像不知道该对我说什么。

唯有真琴与我没有这种隔阂。她伸手比画着,绘声绘色地与我分享生活中的所见所闻。哪怕只是鸡毛蒜皮的小事,她也像挖到了珍宝般和我分享。和真琴一起度过的时光中,她给予我的幸福如同干涸的土壤上结出的累累硕果。

后来,她开始在我身体可以承受的范围内带我出门游玩。我一点点接触到外面的空气,欣赏着自然风光,体会到了在咖啡馆茶歇片刻的欢愉。真琴比我小五岁,在外人看来就像我可爱的妹妹,其实是她总在不经意间引领着我。

我和真琴永远有说不完的话。不过，即使我们在同一间屋子里沉默地各干各的，我也丝毫不会觉得烦闷。

真琴回国后，我们不知给彼此写过多少封信。虽然没有约定，但我坚信她一定会回信。这种信念维系着那些充满未知的日子。

真琴的英语水平越来越好，有时我甚至觉得自己在和英语母语者通信。自从我在最开始的信中说过她用的薄信纸和三色信封很可爱之后，她就一直保持着这种风格。唯一的改变是她用的笔，从圆珠笔变成了我送她的钢笔。

我们在信中写过无数次"想见你"，实现的日子却遥遥无期。后来，真琴念了大学，毕业后成了英语口语学校的讲师。因为要教课，她很难请到长假，我则因为身体状况不稳定而无法出国。

真琴回国后，我们再也没见过面，但她与我的定期通信一直未曾间断。尽管电子邮件已经相当普及，我们还是对能紧握在手中的信纸情有独钟。对我来说，跨越山川海洋的航空信就是真琴的化身。

一年前的六月，我病倒了，是心脏病恶化的结果。

住院一个多月后,医生告诉我,继续在这家医院治疗可能有些困难。他会为我写一封转院介绍信,把我转到悉尼市中心的大医院去。我听罢摇了摇头。

我现在所住的医院位于郊区,透过房间窗户可以看到广阔无垠的大海。我很喜欢这片风景,宽敞的单间病房住起来惬意舒心,我也很喜欢我的主治医生和护士。

几年前,我做身体检查的时候,在医生为我介绍的那家医院住过一个星期。病房窗外只能看到高楼大厦,工作人员个个都忙忙碌碌的,大楼内充满了酸涩刺鼻的消毒水气味。虽说这家医院有更完备的医疗设施,但我再也不想住在那种令我心神不宁的地方了。

"如果我的病治不好了,我更愿意在这里安眠。"

七月的某一天,我给真琴写了那封信。

还是个孩子的时候,我就确信我不会活得太久。上小学之前,有一次母亲带我去医院,医生让我在诊室外等待。我偷偷望向屋里,看到医生和我母亲在小声地交谈着什么。生病的明明是我,身体健康的母亲却在诊室中痛苦地皱起眉头。母亲那痛苦的模样一直萦绕在我的脑海里。

从那时起，我总是害怕面对自己的生死，为了避免过高的期待，我渐渐地养成了把事情往最坏的方向想的习惯。

真琴收到信后，立刻给我住的医院打了电话，这样的事还是第一次发生。我在护士站接了电话，她恳求我立即转到大医院去，要我努力战胜病魔。

"玛丽，你忘记我们之间的约定了吗？"
真琴在电话里哭着质问我。

"约定？"
真琴口中所谓的约定着实让我有些不安，作为多年密友，我忘记自己曾答应过她什么了，我感到羞愧，却又忍不住发问。

"你真的不记得了吗？如果你不记得了也没关系。本来说好的约定……我一直都翘首以盼着那一天……我真的很期待……"
真琴说罢便挂断了电话。

真琴的声音听起来很生气。我想，自己可能已经被她讨厌了……然而，一周后，我收到了一封来自真琴的航空信，字里行间一如往常地充满了欢快的语气，第一页信纸的边缘有一个像是什么东西洒出来溅到的茶色污点，上面写着"就让这份热可可给你带去暖意吧"的字样。

而后又写道："如果你真的喜欢那家医院的话，就不要转院了，在那里慢慢疗养吧。"我读到这里有些诧异，真琴明明之前还那么反对我待在这里，为什么突然改变主意了呢？我继续看了下去。

"我倒也听别人说过——对养病的人来说，有时候居住环境如果能称心如意一些，反而对病人的身体康复更有帮助。"

读到这里，我才终于回想起来，想起在很遥远的少女时代，自己和真琴的约定。

我们约好了一起去看日本四月的樱花，去她最中意的那个地方。

我赶忙提笔回信：

"秋天到来前，我一定会把病治好，然后去东京找你，我们一起看樱花！"

但写完信搁下笔后，我的心又沉了一下，我自己的身体状况我是知道的，别说病情好转了，现在反而每况愈下。年底用精密仪器对全身进行了一次检查,被医生们一致诊断为需要动一场大手术。手术如果成功的话,或许我以后就能有一副和普通人一样健康的身体了。只是,手术的风险也是巨大的。医师们会诊讨论后跟我说道:"成功率和失败率各占百分之五十,如果要接受手术的话,请先做好可能会失去生命的心理准备。"

我一想到自己可能会因此死去,就害怕得止不住地发抖。但是,如果有一半的可能性的话,我想赌一把。我告诉自己,手术后一切都会好起来的,我不能止步于此,因为我还要和真琴一起赏樱花。因为,这是我们约好了的。

当我躺在手术台上进行着手术时,在那麻药劲儿已经完全起效的酥麻的身体里,我看到了一个朦胧而神秘的幻影。

记不清是多久以前的事了,在澳大利亚的一个乡村小镇上,两个女孩正依偎在一起……幻象中的两个小姐妹,其中一人平躺在床上,身形消瘦,另一个看起来稍微年长一些的姐姐,端坐在床头,举止轻柔地递给躺在病床上的瘦弱妹妹一朵特意为她摘来的花。

朦胧的记忆逐渐变得轮廓清晰了起来……

我确信,躺在病榻上的那个一病不起的小女孩,就是我。一旁始终守护着我的人,是真琴。从遥远的前世起,我们就已经是姐妹了。

前世的我,如此恐惧、害怕"死"。而今生的我也一样,恐惧、害怕面对"生"。

"这些花是我为你从广场上采来的,你看——它们五颜六色的,多漂亮呀。我们一定要一起到广场去看那里铺天盖地的花海。"

那一天,姐姐在床边对我说道。我听着她的话,点了点头,但我心里清楚,那是不可能的。要到达广场,必须得步行两个小时。姐姐口中的约定,对我来说实在是太遥不可及了。

倏忽之间,一片巨大的光芒裹挟了我……

我记得这道光,那是一种似曾相识的感觉。在前世,年幼的我曾经毫不犹豫地向那片光芒伸出了双手……

我也清楚地记得,在那个时候,姐姐曾拼命地呼唤着我、挽留着我……

但是我没有回应她,我还是太软弱了。我不要再这样痛苦地生活下去,我累了。

就这样结束好了……

对不起,姐姐,我无法和你一起去看下一场花开了。

那时，我松开手放走了"生"。

我想结局肯定终将是一样的，即使我们重生了，我们也会再次忘记前世的一切，面对新的生活。

"玛丽！"

听到这声呼唤，我伸向光芒的手突然顿住了。

"玛丽，你忘了吗？我很期待我们约定实现的那天哦……"

是真琴的声音……我听见她在哭。

她可真是个爱哭鬼。她还是那个明明身体要比我好得多，却也无法停止为一朵枯萎的花哭泣的真琴。还是那个在歌剧院里听了歌剧后，兴奋得手舞足蹈地给我重现精彩情节的真琴。

还记得我们一起去沙滩烧烤。真琴盯着烤盘里的澳洲牛排，直溜溜地瞪圆了眼睛，说道："好大一块肉呀！"因为我的身体状况，没办法下海游泳，真琴也就陪我待在了沙滩上，我们在海边沙滩的遮阳伞下度过了悠长的时光，一边吃着烤鱼和薯片，一边叽叽喳喳地聊着天。晚上，我们并排站在阳台上，一起在海边的星空中寻找着南十字星。

真琴在悉尼待的最后一天，我们俩挤在一起，睡在我的小床上。我们手拉着手，头抵着头。要是明天永远不会来就好了……真琴哭了，当然，我也不例外。

真琴回到日本后，我收到了她寄来的航空信。此后，我们之间那一封封热情洋溢的信，描绘了彼此生活的世界的图景，那些翻飞于南北半球两头、传递着温暖的信件，我收集了满满一大纸箱。尽管两个人天各一方，却仍感到心在咫尺。

真琴，谢谢你远道而来与我相遇。
此刻，我依旧清晰地记得第一次见到你时的场景。
那令我感到怀念的你的笑容……

怀念吗？

是啊。
我突然意识到有些残留在脑海中的记忆没有被完全抹去，反而留下来的都是最重要的部分。
真琴对我来说是无与伦比的重要。为了完成未完成的约定，我获得了新生。

"玛丽！"

是真琴。

这一次,我回应了她的呼唤——

"真琴!"
活下去。
今生一定要坚强勇敢地好好活下去。
为了活在当下的我们俩!

手术结束了,我睁开眼醒了过来。一个新生的我,在期待着更富有生机的人生。

四月的悉尼,秋高气爽,在暖阳的包裹下,我走进悉尼机场,乘上了飞往日本的飞机。

我的术后康复速度惊人,医生们都惊讶地认为这简直是医学奇迹,但我反而觉得这是顺理成章的事情。虽然悉尼蓝花楹会开满整个春天,但日本樱花的观赏期却只有短得令人难以置信的那么几天,所以我丝毫不敢懈怠地进行着身体的复健。终于,身体的恢复赶上了樱花盛开之季。

于是,我第一次来到了东京。相隔十年,我再次见到了真琴。真琴拉着我坐在河边,欣赏一望无际的樱花林。

河堤上挤满了乌泱泱的看樱花的人，我转过头对真琴说：

"真琴，我们再做个约定吧，你下次要再来悉尼哦，等到十月，等悉尼的春天到了，我带你去看悉尼的蓝花楹……"

真琴会心一笑，深深地点了点头，她润泽的栗色头发随着点头的幅度闪耀着光泽，坚定地说：

"我一定会去的。"

没有人知道在自己的人生中，下一秒会发生什么，我们就是生活在这样充满不安的世界里。那些仅凭我们的个人意志无法控制、无力抵抗的事情会迎面撞向我们。每每在这种时候，我们无限膨胀的焦虑，无休无尽的忧心，都会逼迫我们自己去写出那些可怕的剧本。明明是自己笔下创造出的故事，未来却又像是被别人强加于身一般，这些剧本仿佛是已经无法更改般地威胁着我们，所有人不得不按照它来演绎自己的人生。

但是实际上，这个世界没有任何东西能控制我们的人生和我们的未来。现在，这里真实存在着的，呼吸着的我，微笑着的真琴，绽放着的樱花就是最好的证明。

落于水面的樱花裹挟在流动的河流中，摇曳着漂向四面八方……

或许，我只是为了守候约定的日子的到来而努力活下去吧？

等待着下一次真琴来到悉尼，我们一起去看蓝花楹后，再做一个新的约定。

我在心中暗暗发誓。心里无数的美好构想就像飘落进河里的樱花花瓣一样落英缤纷，我着迷地看着水面与落樱，满心期冀与欢喜。

第十二章

情书

[白/东京]

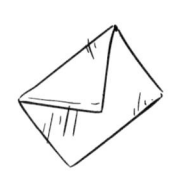

我坐在老位子上，今天的信是写给你的。

喝着你送来的热可可，我打算慢慢花时间来思考究竟该如何传达我的心意。

养成来云纹咖啡馆的习惯，已经有一年半了。虽然我并不排斥连锁店便利的系统化经营模式，但我还是更中意这家店里轻松的氛围和令人安心的感觉，这里没有一处座位是相同的陈列。

欣赏墙上不时更换的画作，对我来说也是一种享受。上周新挂出来的那幅油彩画，无数绿色圆圈交叠在一起，仿佛描摹着我的记忆，使我的心情在不知不觉间放松下来。

你从来不佩戴名牌，店员只有你一个，没有其他工作人员叫过你，所以我一直不知道你的真实姓名。我只知道你似乎比我年轻几岁，是个勤劳又踏实的男人。

但这并不重要。我第一次来这家店的时候，已经悄悄地给你起了一个名字。

那是一个落雪的莹白冬日。

从河边的杂货店买完东西回来，我第一次发觉桥对岸的密林枝丫深处有灯光闪动。大概是以往我的注意力都被道路两旁的樱花林吸引开的缘故。冬天林中萧瑟，花朵和树叶全都掉光了，云纹咖啡馆的身影就显露了出来。我冷极了，想到店里取暖，便来到了桥对岸。

店内的氛围温馨到令人想哭，门口处的延龄草长势欣欣向荣，原木色的桌椅，朴素而热情地迎接着顾客。

我在窗边的角落坐下，长出一口气。冻得发麻的双手、冰凉的脸颊和耳朵都已经缓了过来，身体似乎也一点点放松下来了。

我旁边的桌子上，有一个留着蘑菇头的小男孩，和他年轻的父亲坐在那里。

小男孩手里拿着一架飞机模型，时不时"轰——"的一声将模型举过头顶，咯咯直笑。

他们父子俩应该是比我早一点进来的,像是刚点完单在等餐。

我打开菜单,是要一杯咖啡呢,还是格雷伯爵红茶?

就在这时,你走了过来,给旁边那桌客人端上了饮品。

"啊,小拓海的热可可来了!"

小男孩兴冲冲地喊道。他说话时,"可可"的发音可爱极了,我忍不住向邻桌望去。

你先把咖啡递给那位父亲,然后又把可可轻轻地放在那个叫拓海的小男孩面前。

"这是您点的热可可。会有些热,请小心品尝。"

你微微欠身,侧头对着小拓海讲话,声音里满含笑意。

如果你对他说的是"很热,要小心哦",那只说明你对孩子很友善。但是,你的声音中透出你对客人的尊重和对工作的自豪,正是这一点俘获了我的心。没想到你会把在上幼儿园的孩子当作"一位顾客",态度真诚地接待。还有,你说"可可"的时候,声音也很温柔动听。

啊,这是一个真心实意的人,我想。

你工作时遵循的不是千篇一律的服务标准，而是自己的真心。

你要离开邻座那对父子的时候，我叫住了你，也点了单：
"我想要一杯热可可，谢谢。"
你对我露出沉稳的笑容，确认了一遍："好的，一杯热可可。"

我在脑海里一遍遍回味着你的嘴唇里逸出的"可可"。它比你对拓海说的"可可"多了一层微苦的滋味，但还是有着甜滋滋的可可醇香。我赶忙抿起嘴，不让自己痴笑得太明显。
遇到你我才知道，原来世上不只有"一见钟情"，还有"闻声倾心"。
就这样，我在心里给你取了一个名字。

"可可先生"。

从那天开始，我一直都在心里这样默默地称呼你。

我每次都在这里给悉尼的朋友写航空信。

上高中的时候，我曾作为交换生在悉尼生活了一年。玛丽是我寄宿的那户人家的独生女。

那时候我自以为英语很好，但和英语是母语的人一起生活，我才发现我的英语口语完全不够用。

不可思议的事情发生了。我和玛丽，仅凭几个字词就能沟通。有时我们甚至通过一个眼神就能读懂对方的心里话。

即便是用日语交流的日本人之间，时不时也会误解对方的意思，或者不理解对方的想法。也许这才是真正的"语言不通"吧。

在这方面，玛丽是和我"语言相通"的朋友。即便她在与我交谈的时候，话语间掺杂着我听不懂的单词，但我也能马上明白她想说什么。反过来，我讲英语时出现卡顿，她可以轻而易举地说出我想说的那个词。一段时间后，只要和玛丽在一起，英语就从我的嘴里非常自然流畅地蹦出来。英语就像一门被我忘记的语言，如今我又把它"捡回来了"。我仿佛"变回"了一个以英语为母语的、开朗的澳大利亚人，仿佛这个我才是真正的我。这种别样的体验，我想不大可能会出现在别人身上，要熟练掌握英语，还是得稳扎稳打地学习才行。

所以，从日本写信给玛丽，对我来说也是一种"复健"。它让我从纷乱的生活中找回自我，全力以赴地走向未来。

遇到云纹咖啡馆后，我发现我找到了写信的完美场所。这是一个特别的地方，在这里我可以做回我自己，自由自在地与玛丽交流。

我和玛丽从来没有吵过架，只有一次，我在电话里吼了她。那是去年，玛丽因病住院，性命攸关的时候。

医生安排她转去更大的医院接受治疗，玛丽却以喜欢原来的医院为由，拒绝了医生的建议。我在电话里任性地对她诉说自己的请求："我想让你转院，你要努力活下去，好好接受治疗。"也许是因为我害怕失去自己最重要的朋友，忽略了体谅她的心情。

我心情低落地来到店里，想喝一杯你做的可可，没想到自己最喜欢的座位已经被人占了。我只得走到另一张桌子旁坐下，怔怔地发起呆来。这时，你突然向我打了招呼：

"您经常坐的那个位子空出来了。也许您坐在喜欢的位置上，多少也会开心一些。"

可可先生，你一定不知道，我当时多么惊喜，又是多么安心。

回过神来，我发现自己一直坐的那张桌子已被你收拾得干净整洁，就像是专门为了我而准备的一样，闪闪发光。

待在自己喜欢的地方，会让人充满活力——确实如此。

既然这样，对玛丽而言，现在的医院住得舒心，就是最好的治疗了。我终于意识到了这一点。就我自己而言，比起没有任何回忆的高级餐厅，我更喜欢这家店带给我的幸福感。

选择一直坐在这个位置，是因为这个小角落让人感到踏实，抬头就能看到窗外我最喜欢的樱花林。还有，下雪的那一天，我在这里对你一见倾心。

这个座位一直都温柔地接纳我，那一天的场景仍旧鲜活地留在我的回忆里。我就坐在这儿，一直偷瞄着工作时心情愉悦的你。为了不与你四目相对，我总是漫不经心地移开视线，还很快便练就了把你的身影收入视野的绝技。因为只要与你视线相交，热心工作的你仿佛会立刻飞奔而来，问我"您有什么需要？"如果你这么做的话，我怕自己会脱口而出一句："我喜欢你！"

玛丽战胜了病魔，以惊人的速度恢复了健康。就在前几天，她到东京来见我了。

我和玛丽肩并着肩，一起欣赏樱花。我们约好，下一次换我去悉尼见她。

有太多想做却迟迟没有实现的事了，有些愿望，也许只要踏出一小步就有可能实现。

在喜欢的地方，欣赏喜欢的美景，看着自己喜欢的人，和他说喜欢的话。

迄今为止，对自己日思夜盼的心愿，我总有一种不可名状的不安。

可如果不趁势勇敢前进，人就会永远止步不前。甚至可能愿望还没实现，心境就已经变了。

我望着樱花林下静静流淌的河，想了你无数次。

我每次都在星期四的午后三点来云纹咖啡馆，那天是公司的固定休息日。

我总是坐在同一张桌子前，点同一款饮料。

我坐在这里，只是静静地望着你，便觉得十分美好。

"请给我一杯热可可，谢谢。"能和你说这一句话，我就满足了。

但是，这一次我想要向前迈出一步，跳出以往的时间与地点。

今后，我想和你一起看漫天飞舞的樱花，看初春嫩绿的新芽，看鲜艳似火的红叶，还有一尘不染的白雪。

我想把我的故事讲给你听，也想听你讲讲你的故事。

我想和你一起聊星河般遥远的梦想，也想和你话稀松平常的琐事。我想和你说的话还有很多很多。

所以，可可先生。

你要不要脱下围裙，和我见个面？

一不小心就把信写了这么长。我这就把人生的第一封情书收尾，装进信封递给你。

我还想面带微笑地对你说一句：

"会有些热，请小心品尝。"